Journal d'un homme de trop

Ivan Tourgueniev

Édition et mise en page : Culturea (Hérault, 34)
Retrouvez notre catalogue sur http://culturea.fr/
Contact : infos@culturea.fr
Imprimé en Allemagne par Books on Demand Gmbh
Design typographique et layout : Derek Murphy et Reedsy
ISBN : 9791041993130
Date de parution : Mars 2024

Chapitre I

Au village d'O... 20 mars 18...

Le médecin me quitte. Je l'ai obligé à s'expliquer enfin. Il a eu beau dissimuler, il lui a fallu me confesser toute la vérité. Je vais mourir : oui, je vais mourir bientôt ; les rivières vont dégeler, et je m'en irai probablement avec les derniers glaçons... Où irai-je ? Dieu le sait ! À la mer aussi ! Eh bien ! quoi ! s'il faut mourir, autant vaut mourir au printemps... Mais n'est-il pas ridicule de commencer un journal peut-être quinze jours seulement avant l'heure de la mort ? Bah ! qu'est-ce que cela fait ? En quoi quinze jours diffèrent-ils de quinze ans, de quinze siècles ? En face de l'éternité, tout est néant, dit-on ; soit ; mais dans ce cas, l'éternité même n'est que néant. Il me semble que je tombe dans la métaphysique, c'est mauvais signe ; aurais-je peur ? Mieux vaut raconter quelque chose. Le temps est humide, le vent souffle avec violence. Il m'est défendu de sortir. Que raconterai-je ? Un homme bien élevé ne parle pas de ses maladies ; écrire un roman n'est pas de mon ressort ; raisonner sur de graves sujets est au-dessus de mes forces ; la description des objets qui m'entourent ne m'offrirait aucun plaisir ; ne rien faire est ennuyeux ; lire me fatigue... Ah ! je vais me raconter ma propre vie. Quelle bonne idée ! Cette revue de soi-même est chose convenable avant la mort, et ne peut nuire à personne. Je commence.

Je suis né, il y a trente ans, d'une famille de propriétaires aisés. Mon père était un terrible joueur ; ma mère, une femme de grand caractère et très vertueuse, mais je n'ai jamais connu de femme dont la vertu causât moins de plaisir. Elle s'affaissait sous le poids de ses mérites et en fatiguait tout le monde, à commencer par elle-même.

Pendant les cinquante années de sa vie, elle ne se reposa pas une seule fois, elle ne se croisa pas une seule fois les bras ; elle travaillait et s'évertuait comme une fourmi, mais sans aucune utilité, ce que nul ne dira d'une fourmi. Un ver infatigable la rongeait nuit et jour. Une fois seulement je la vis parfaitement tranquille, et cela dans son cercueil, le lendemain de sa mort. Aussi son visage me semblait-il vraiment exprimer un silencieux étonnement. On aurait dit que ses lèvres à demi fermées, ses joues creuses et ses yeux paisiblement immobiles respiraient ces paroles : « Qu'il fait bon ne pas bouger ! » Oui certes, il est bon de se dépouiller enfin de l'accablante conscience de la vie, de la sensation continue et inquiète de l'existence !

Je grandis mal et sans joie. Mes parents me témoignaient de la tendresse ; mais la vie ne m'en était pas plus douce. Ouvertement adonné à un vice dégradant et ruineux, mon père n'avait aucune autorité dans sa propre maison. Il reconnaissait son abjection, et, n'ayant pas la force de renoncer à la passion qui le dominait, il cherchait du moins à mériter l'indulgence de sa femme par une soumission à toute épreuve. Ma mère supportait son malheur avec cette magnifique et fastueuse longanimité de la vertu dans laquelle respire tant d'orgueil et d'amour-propre. Elle ne faisait jamais de reproche à mon père ; elle lui donnait silencieusement le fond de sa bourse et payait ses dettes. Présente ou absente, il la portait aux nues ; mais il n'aimait pas rester à la maison, et il ne me caressait qu'en secret, à la dérobée, comme s'il eût craint de me porter malheur. Ses traits altérés avaient alors une telle expression de bonté, le rire fiévreux qui errait sur ses lèvres se changeait en un sourire si touchant, ses yeux bruns entourés de rides fines s'arrêtaient avec tant d'amour sur moi, que je pressais involontairement ma joue contre sa joue humide et chaude de larmes.

J'essuyais ces larmes avec mon mouchoir ; mais elles recommençaient à couler sans effort, comme l'eau déborde d'un vase trop plein. Je me mettais aussi à pleurer, et il me consolait. Il pressait mes mains entre les siennes, et ses lèvres tremblantes me couvraient de baisers. Voilà déjà plus de vingt ans qu'il est mort, et pourtant chaque fois que je pense à mon pauvre père, des sanglots muets me montent au gosier, et mon cœur bat dans ma poitrine ; il bat avec tant de chaleur et d'amertume, il est accablé d'une si douloureuse compassion, qu'on croirait qu'il lui reste encore longtemps à battre et à regretter.

Ma mère au contraire était toujours la même pour moi, bienveillante, mais froide. On rencontre souvent dans les livres écrits pour les enfants des mères toutes semblables, morales et justes. Elle m'aimait, mais je ne l'aimais pas. Oui, j'évitais ma mère vertueuse, et j'aimais passionnément mon père vicieux.

Mais c'est assez pour aujourd'hui. Le commencement est fait ; quant à la fin et à ce qui en adviendra, je ne m'en inquiète guère. C'est l'affaire de ma maladie.

21 mars.

Le temps est magnifique aujourd'hui, il est chaud et serein ; le soleil se joue gaiement sur la neige qui fond. Tout reluit, fume et se dissout ; les moineaux crient comme affolés autour des haies sombres et humides : un air tiède m'irrite la poitrine et me cause une sensation à la fois douce et pénible.

Le printemps, le printemps arrive ! Je suis assis à la fenêtre, mon regard franchit la rivière et se repose sur les champs. Ô nature, nature ! je t'aime, quoique je sois sorti de ton sein incapable de vivre. Voilà un petit oiseau qui déploie ses ailes et sautille ; il crie, et chaque vibration de sa voix, chaque petite plume ébouriffée de son corps mignon, respire la santé et la force…

Que s'ensuit-il ? rien. Il se porte bien, et a le droit de crier et de secouer ses plumes : moi je suis malade et je dois mourir : voilà tout. Ce n'est pas la peine de s'y arrêter davantage. Ces larmoyantes invocations à la nature sont ridicules à l'excès. Revenons à notre récit.

Comme je l'ai dit déjà, je grandis péniblement et sans joie. Je n'avais ni frères ni sœurs. On m'élevait à la maison, De quoi se serait donc occupée ma mère, si on m'avait mis en pension ou envoyé dans un établissement public ? Les enfants sont là pour empêcher les parents de s'ennuyer. Nous demeurions habituellement à la campagne et n'allions à Moscou que de temps à autre. J'avais des précepteurs et des maîtres selon l'usage. Je me souviens surtout d'un Allemand maigre et pleurnicheur, du nom de Rickmann. Cet être extrêmement triste et maltraité du sort se consumait inutilement à regretter sa patrie lointaine.

Plus d'une fois, tandis que, dans l'affreuse chaleur d'une antichambre étroite, tout infectée de l'odeur aigre du kvass, mon vieux menin Basile, surnommé l'Oie mâle, jouait aux cartes avec le cocher Potape, vêtu d'une pelisse de mouton toute neuve et chaussé de ses grandes bottes frottées de goudron, – plus d'une fois, dis-je, Rickmann chantait derrière la cloison :

Cœur, mon cœur, pourquoi si triste ?
Qu'est-ce qui t'oppresse si fort ?
La terre étrangère est si belle !
Cœur, mon cœur, que te faut-il encore ?

Nous nous établîmes définitivement à Moscou après la mort de mon père. J'avais alors douze ans. Mon père mourut une nuit d'un coup d'apoplexie. Je n'oublierai jamais cette nuit-là. Je dormais de ce profond sommeil dont dorment habituellement tous les enfants ; mais je me rappelle que j'entendais même à travers ce sommeil un ronflement pénible et pareil à un râle. Je sens tout à coup que quelqu'un me saisit par l'épaule et me secoue. J'ouvre les yeux : mon menin était devant moi. « Qu'y a-t-il ?… – Venez, venez ; Alexis Michaëlitch se meurt… » Je me jette comme un fou à bas de mon lit et m'élance dans la chambre de mon père. Il était couché, la tête renversée en arrière, le visage tout rouge, et il râlait avec effort. Les domestiques se pressent à la porte avec des mines effarées ; une voix enrouée demande dans l'antichambre si on a envoyé chercher le médecin. J'entends les pas lourds du cheval qu'on fait sortir de l'écurie pour le conduire dans la cour : la porte cochère crie sur ses gonds. Une chandelle brûle par terre sur le plancher de la chambre ; ma mère se livre au désespoir, sans oublier toutefois ni les convenances, ni sa propre dignité. Je me précipitai sur mon père et l'embrassai en balbutiant : « Papa, papa ! » Il était étendu, immobile, roulant étrangement les yeux. Une terreur insurmontable m'ôta la respiration ; je poussai des cris d'effroi comme un oiseau qu'on aurait saisi avec rudesse.

On m'entraîna hors de la chambre. La veille encore, comme s'il avait pressenti sa fin prochaine, mon père m'avait caressé avec tant d'ardeur et de tristesse ! On amena une espèce de médecin endormi et velu qui répandait une forte odeur d'eau-de-vie. Mon père mourut sous sa lancette. Le lendemain, je me tenais, un cierge à la main, devant la table sur laquelle on avait couché le cadavre, et j'écoutais stupidement les monotones psalmodies du chantre, interrompues de temps à autre par la voix fluette du prêtre. Les larmes coulaient sur mes joues, sur mes lèvres, sur mon col et sur ma chemise. Je regardais continuellement, je regardais fixement le visage immobile de mon père, comme si j'eusse attendu quelque chose de lui, et pendant ce temps ma mère se prosternait lentement la face contre terre, se relevait lentement et faisait le signe de la croix en appuyant ses doigts avec force sur son front, sur ses épaules et sur son estomac. Je n'avais pas une seule idée dans la tête ; j'étais complètement stupide, pourtant je sentais que quelque chose de terrible s'accomplissait en moi… La mort m'a regardé alors en face et m'a remarqué.

Mon père mort, nous allâmes demeurer à Moscou, et cela par une raison fort simple ; tous nos biens furent vendus à l'encan pour payer nos dettes, tous absolument, à l'exception d'une petite terre, la même où se termine maintenant ma magnifique existence ! Quoique je fusse encore bien jeune alors, j'avoue que la vente de notre nid me fit souffrir, ou plutôt je ne regrettai, à vrai dire, que notre jardin. Ce jardin se trouvait lié presque aux seuls souvenirs heureux de ma jeunesse. C'est là que, par une paisible soirée de printemps, j'enterrai un vieux chien à pattes torses, mon meilleur ami, un basset du nom de Trix.

C'est là que, caché dans les hautes herbes, je mangeai des pommes volées, de ces pommes de Novogorod, vermeilles et douces ; c'est là enfin qu'au milieu d'un carré de framboisiers je vis pour la première fois une de nos femmes de chambre, Claudie, qui, malgré son nez camard et son habitude de rire en s'enfonçant la face dans son mouchoir, éveilla en moi une passion si tendre que sa présence me faisait perdre la respiration et la parole. Un jour de Pâques, lorsqu'arriva son tour d'appliquer ses lèvres sur ma main seigneuriale, je me souviens que je manquai me jeter à ses pieds pour baiser ses souliers de cuir tout déformés. Est-il possible, grand Dieu ! qu'il y ait de cela vingt ans ? Tant d'années se sont-elles écoulées depuis que je courais sur mon petit cheval alezan le long de la vieille haie de notre jardin, et que je me levais sur mes étriers pour arracher du peuplier blanc des feuilles à double nuance ? Pendant qu'il vit, l'homme ne sent guère sa propre existence ; elle ne lui devient perceptible, comme le son, qu'à une certaine distance, après un certain temps écoulé.

Ô mon jardin ! ô sentiers couverts d'herbe autour du petit étang ! ô charmant recoin sablonneux sous la vieille digue où je me livrais à la pêche des goujons et des tanches ! et vous, bouleaux aux longues branches pendantes, à travers lesquelles m'arrivait, du chemin de traverse, la chanson mélancolique d'un paysan qu'interrompaient par moments les brusques cahots de sa telega[1], je vous envoie mon dernier adieu !… En quittant la vie, c'est à vous, à vous seuls que je tends les bras… Je voudrais respirer encore une fois la fraîcheur amère de l'absinthe, la douce odeur du sarrasin coupé sur les champs de ma patrie ; je voudrais encore une fois entendre au loin le modeste tintement de la cloche fêlée de notre paroisse, m'étendre encore une fois à l'ombre du buisson de chêne sur la pente du ravin, suivre encore une fois des yeux les traces fuyantes du vent qui court en vagues sombres sur l'herbe dorée de notre prairie…

Bah ! à quoi bon tout cela ? Je ne puis plus écrire aujourd'hui. À demain.

22 mars.

Aujourd'hui il fait de nouveau sombre et froid. Ce temps-ci me convient davantage ; il est en harmonie avec mes occupations. La

1 Charrette à quatre roues non suspendue.

journée d'hier est venue réveiller mal à propos bien des sentiments et bien des souvenirs inutiles. Cela ne se répétera plus. Ces épanchements de la sensibilité rappellent l'impression que vous fait la racine de réglisse. Au premier abord et tant qu'on ne suce qu'un peu, le goût n'en est pas désagréable ; mais un instant après la bouche en est tout amère. Je vais me remettre simplement et tranquillement au récit de ma vie.

Nous allâmes donc à Moscou… Mais il me vient une idée : est-ce bien la peine de raconter ma vie ? Non décidément… Ma vie ne diffère en rien de la plupart des autres vies. La maison paternelle, l'université, le service dans les grades inférieurs, la retraite, un petit cercle de connaissances, une pauvreté honnête, des plaisirs modestes, des occupations paisibles, des désirs modérés, dites, de grâce, qui donc ignore tout cela ? Une autre raison pour ne pas conter ma vie, c'est que je n'écris que pour mon propre plaisir, et que si mon passé n'offre rien de particulièrement gai ou de particulièrement triste, même à mes yeux, c'est qu'en effet il ne renferme rien qui soit digne d'attention. Mieux vaut essayer de m'expliquer mon caractère.

Quelle espèce d'homme suis-je ?… On pourra me faire observer que personne ne me le demande non plus. J'en conviens ; mais je vais mourir, et il me semble que c'est un désir pardonnable que celui de vouloir apprendre avant la mort quelle sorte d'oiseau l'on a été.

Ayant dûment pesé cette importante question, et n'ayant d'ailleurs nulle raison pour m'exprimer avec trop d'amertume sur mon propre compte, comme le font les gens bien convaincus de leur mérite, je commence par convenir d'une chose : j'ai été l'homme, ou, si l'on veut, l'oiseau le plus superflu de ce monde. Je le prouverai demain, car aujourd'hui je tousse comme une vieille chèvre, et Térence, ma garde-malade, ne me laisse pas un instant de repos. « Couchez-vous, mon petit père, et prenez du thé », me dit-elle. Je sais bien qu'elle me presse ainsi parce qu'elle veut du thé elle-même. Eh bien ! soit. Pourquoi ne serait-il pas permis à la pauvre vieille femme de retirer tout le profit possible de son maître, tandis qu'il en est temps encore ?

23 mars.

L'hiver est revenu. La neige tombe à flocons… « Superflu… De trop… » C'est une excellente expression que j'ai trouvée là. Plus je pénètre dans les profondeurs de mon être, plus je regarde attentivement dans ma vie passée, et plus je suis convaincu de la sévère justesse de cette expression. Superflu !… c'est bien cela. Ce mot ne s'applique pas aux autres… Les hommes sont ou méchants, ou bons, ou intelligents, ou stupides, ou agréables, ou désagréables ; mais superflus… non. C'est-à-dire, comprenez-moi bien, le monde peut se passer de ces gens-là !… certainement ; mais la superfluité n'est pas leur signe distinctif, et, en parlant d'eux, ce n'est pas le mot « superflu » qui vous vient tout d'abord sur les lèvres.

Quant à moi… c'est tout ce qu'on peut dire : « superflu, ou être surnuméraire », voilà tout. Il est évident que la nature ne comptait pas sur mon apparition, aussi m'a-t-elle traité en visiteur importun et non invité. Ce n'est pas en vain qu'un plaisant, grand amateur de cartes, a dit, à propos de moi, que ma mère a fait une remise, comme au boston, en me mettant au monde. À l'heure qu'il est, je parle de moi avec calme et sans aucun fiel… C'est une affaire finie ! Pendant tout le cours de mon existence, j'ai trouvé ma place prise, peut-être parce que je ne la cherchais pas là où elle devait être. J'ai été susceptible, timide et irritable comme tous les malades. Il y avait de plus en moi, probablement à cause d'un amour-propre excessif ou par suite de l'organisation défectueuse de mon être moral, un obstacle incompréhensible et insurmontable entre mes sentiments, mes idées et l'expression de ces sentiments et de ces idées. Lorsque je me décidais violemment à vaincre cet obstacle, à faire tomber cette barrière, toute ma personne prenait l'empreinte d'une tension pénible. Non seulement je paraissais affecté et guindé, je l'étais réellement ; je sentais cela, et me hâtais de rentrer en moi-même. Un trouble épouvantable s'élevait alors dans mon for intérieur. Je m'analysais jusqu'à la dernière fibre, je me comparais aux autres, je me rappelais les moindres regards, les moindres sourires, les moindres paroles de ceux devant lesquels j'avais voulu briller ; je prenais tout dans le mauvais sens ; je riais amèrement de ma prétention d'être « comme tout le monde », et au milieu de mon rire je m'affaissais tout à coup, je tombais dans un découragement inepte ; en un mot, je m'agitais sans relâche, comme l'écureuil dans sa roue.

Je passais des journées entières à ce travail infructueux et maussade. Et maintenant dites vous-même, dites, de grâce, à quoi un homme pareil peut être utile ! Pourquoi en est-il ainsi de moi ? Quel est le motif de ces sombres tracasseries intérieures ? Qui le sait ? qui me le dira ?

Je me souviens que je pris un jour la diligence pour aller à Moscou. La route était bonne, et pourtant le postillon attela un cheval de volée de front avec les quatre autres. Misérable et parfaitement inutile, attaché n'importe comment à l'avant-train par une corde épaisse et courte qui lui coupait sans pitié la cuisse, lui frottait la queue, le forçait à courir de la façon la plus grotesque, et donnait à tout son être l'aspect d'une virgule, ce misérable cheval excitait toujours ma plus profonde compassion. Je fis observer au postillon qu'il me semblait qu'on aurait pu se passer du cinquième cheval… Il secoua la tête, lui donna une dizaine de coups de fouet dans toute la longueur de son dos décharné, de son ventre bouffi, et marmotta avec une sorte d'ironie : « C'est vrai, il est de trop !… » Moi aussi, je suis de trop… Le relais heureusement n'est plus loin.

Superflu !… J'ai promis de prouver la justesse de mon opinion, et je vais remplir ma promesse. Je ne crois pas nécessaire de m'arrêter à mille bagatelles, aux événements et incidents de chaque jour, quoiqu'ils puissent servir, aux yeux de tout homme réfléchi, de preuves incontestables en ma faveur, ou, pour mieux dire, en faveur de ma manière de me juger.

Mieux vaut commencer de prime abord par le récit d'un fait assez important, après lequel il ne restera probablement plus le moindre doute au sujet de l'exactitude du mot « superflu. » Je n'ai pas, je le répète, l'intention d'entrer dans les détails ; mais je ne puis passer sous silence une circonstance assez curieuse et remarquable, l'étrange conduite de mes amis avec moi, car j'avais aussi des amis. Chaque fois que je me trouvais sur leur chemin ou que je m'approchais d'eux, ils semblaient mal à leur aise ; ils souriaient d'un air contraint en venant à ma rencontre, fixaient leurs regards non sur mes yeux ou sur mes pieds, comme le font certaines gens, mais plutôt sur mes joues, me tendaient la main d'un air pressé, disaient d'un air pressé : « Ah ! bonjour, Tchoulkatourine ! » (le sort m'avait affublé de ce nom), ou bien : « Voilà Tchoulkatourine ! » et s'en allaient aussitôt. D'autres s'arrêtaient même quelquefois immobiles, comme s'ils cherchaient à se rappeler quelque chose. Je remarquais tout cela, car je ne manquais ni d'observation ni de perspicacité. En somme, je ne suis pas bête, il me vient même parfois à l'esprit des pensées assez amusantes et qui ont leur originalité ; mais, en ma qualité d'homme superflu et verrouillé à l'intérieur, j'évitais constamment d'exprimer ma pensée, d'autant plus que je savais d'avance que je la rendrais fort mal. Il me semblait même parfois fort étrange d'entendre les autres parler si simplement et si librement… Quelle hardiesse ! pensais-je involontairement. Pourtant il faut avouer que, malgré mon verrou, la langue me démangeait souvent ; mais ce n'est décidément que dans ma première jeunesse que j'arrivais à prononcer une parole : en avançant dans la vie, je parvenais presque toujours à me vaincre.

Je me disais à part moi : « Il vaut mieux que nous nous taisions », et je me calmais instantanément. Nous sommes tous habiles en silence, nous autres Russes !… Mais il ne s'agit pas de cela, et ce n'est pas à moi de critiquer les autres.

Grâce à un concours de circonstances insignifiantes, mais importantes pour moi, il m'arriva, il y a quelques années, de passer six mois dans la ville de district O… Cette ville était fort incommodément bâtie sur le flanc d'une montagne. Elle contenait environ huit cents habitants ; la pauvreté y était extrême, les maisons n'y ressemblaient à rien de connu. La rue principale était obstruée, par-ci par-là, d'immenses plaques de pierres calcaires brutes qui tenaient lieu de pavé, et forçaient même les telegas à un détour. Il y avait une place principale, d'une malpropreté incroyable, au centre de laquelle s'élevait un petit bâtiment percé de trous sombres. Ces trous abritaient des gens à larges chapeaux qui faisaient semblant de se livrer au commerce. Là aussi figurait une haute perche bigarrée près de laquelle on avait placé par ordre, sur l'invitation des autorités, une charrette de foin jaunâtre, autour de laquelle rôdait une poule appartenant au gouvernement. Pour tout dire, on vivait misérablement dans cette ville d'O… Dès les premiers jours de mon séjour, j'y faillis devenir fou d'ennui. Je dois ajouter que, quoique je sois certainement un homme de trop, ce n'est pas que je l'aie voulu ainsi ; je suis malade moi-même, mais je déteste tout ce qui est malsain… Je n'ai pas fui le bonheur, j'ai même essayé de l'atteindre en prenant à droite et à gauche… Aussi n'est-il pas étonnant que j'aie la faculté de m'ennuyer comme tout autre mortel.

C'étaient des affaires de service qui m'avaient amené dans la ville d'O…

Térence a décidément juré de me faire mourir. Voici un échantillon de notre conversation :

TÉRENCE. – Mon Dieu ! petit père, qu'écrivez-vous donc toujours là ? Cela ne vous vaut rien d'écrire ainsi.

MOI. – Mais, Térence, je m'ennuie.

ELLE. – Prenez une tasse de thé et couchez-vous. Dieu fera en sorte que vous transpiriez et que vous dormiez un peu.

MOI. – Mais je n'ai pas envie de dormir.

ELLE. – Ah ! petit père, pourquoi parler ainsi ? Que le Seigneur vous bénisse ! Couchez-vous, couchez-vous, c'est ce que vous pouvez faire de mieux.

MOI. – Je mourrai de toute façon, Térence.

ELLE. – Que Dieu vous bénisse, vous dis-je ! Eh bien ! faut-il vous donner du thé ?

MOI. – Je n'ai plus une semaine à vivre, Térence.

ELLE. – Hi ! hi ! petit père, que chantez-vous là ?… Je vais préparer le samovar… Ô créature décrépite, jaune et édentée, se peut-il que je ne sois pas un homme, même pour toi ?

Chapitre II

24 mars. – Gelée aiguë.

Le jour même de mon arrivée dans la ville d'O… les affaires de service dont j'ai parlé plus haut me forcèrent de me rendre chez un certain Ojoguine Cyril Matvéitch, un des plus importants employés du district, dont je ne fis la connaissance ou plutôt dont je ne me rapprochai qu'au bout de deux semaines. Sa maison était située dans la principale rue et se distinguait de toutes les autres par un toit coloré et les deux lions qui gardaient la porte. Ces lions étaient de l'espèce de ceux qu'on voit aux portes cochères à Moscou, et qui ressemblent eux-mêmes à des chiens fantastiques. Ces lions seuls suffisaient à prouver l'opulence d'Ojoguine, et il avait en effet quatre cents âmes, recevait la meilleure société d'O… et passait pour être hospitalier. Le préfet de la ville, homme d'une obésité peu commune et qui semblait avoir été taillé dans un ballot avarié, se rendait chez lui dans un large drochki à deux chevaux. Il recevait aussi les autres employés : le procureur, créature bilieuse et méchante ; l'arpenteur, grand diseur de bons mots, d'origine allemande et à figure tartare ; l'officier des ponts et chaussées, âme tendre, bon chanteur, mais mauvaise langue ; l'ex-chef du district, individu à cheveux teints, à chemise fripée et à pantalon étroit. Celui-ci était doué de cette expression grandiose de physionomie particulière aux gens qu'un jugement a convaincus de péculat. On trouvait encore chez Ojoguine deux propriétaires, amis inséparables, tous les deux vieux et cassés, dont le plus jeune cherchait constamment à humilier l'autre en lui fermant la bouche à tout propos avec ce seul et même reproche :

« Allons, Serge Serguéitch, finissez donc ! Où voulez-vous en venir, vous qui écrivez bouchon avec un p ? Oui, messieurs, continuait-il en s'adressant avec indignation à ceux qui l'écoutaient, Serge Serguéitch n'écrit pas bouchon, mais pouchon. »

Et tous les assistants de rire, quoique aucun d'eux probablement ne fût très compétent en fait d'orthographe, tandis que le malheureux Serge Serguéitch se taisait, baissait la tête et souriait d'un air résigné... Mais j'oublie que mes jours sont comptés, et que je me lance dans une description trop détaillée. Ainsi donc, sans plus longs détours, Ojoguine était marié ; il avait une fille nommée Élisabeth Cyrillovna, et je m'épris de cette jeune fille.

Ojoguine n'était ni bon ni mauvais, c'était un homme comme on en voit tant ; sa femme... j'oserais la nommer une vieille volaille ; mais la fille ne tenait nullement de ses parents. Elle était jolie de figure, d'un caractère enjoué et modeste ; ses yeux gris regardaient avec bonté et candeur sous des sourcils constamment relevés comme ceux des enfants ; elle souriait presque toujours et riait fort souvent. Sa voix fraîche avait un timbre agréable, ses mouvements étaient libres et rapides ; elle rougissait facilement et joyeusement. Ses toilettes n'étaient pas toujours de bon goût ; il n'y avait guère que les robes simples qui lui allassent bien. J'étais en général peu prompt à faire connaissance ; je n'avais surtout aucune habitude du commerce des femmes, et quand il m'arrivait de me trouver en leur présence, je me mettais à froncer le sourcil et à prendre un air farouche, ou bien je bégayais niaisement et tournais avec embarras ma langue dans ma bouche. Ce fut le contraire qui eut lieu avec Élisabeth Cyrillovna ; je me sentis à mon aise dès la première fois. Voici comment la chose m'arriva. J'allai un jour chez Ojoguine avant l'heure du dîner, et demandai s'il était chez lui. « Il y est, me répondit-on : mais il s'habille. Veuillez passer dans le salon. » J'y entrai en regardant autour de moi ; j'aperçus près de la fenêtre une jeune fille en robe blanche qui me tournait le dos. Elle tenait une cage dans ses mains. Je me sentis troublé comme à l'ordinaire ; je me remis cependant et toussai pour avoir une contenance. La jeune fille se retourna si vivement que ses boucles de cheveux lui frappèrent le visage ; elle m'aperçut, s'inclina et me montra en souriant une petite boîte à moitié remplie de graines de chènevis. « Vous permettez ? » me dit-elle. Moi, tout naturellement et comme cela se fait en pareille occurrence, j'inclinai d'abord la tête, puis je souris, levai la main en l'air et l'agitai deux fois avec grâce. La jeune fille se détourna aussitôt, enleva la petite planchette de la cage, se mit à la gratter fortement avec un couteau, et sans changer de place elle prononça les paroles suivantes : « C'est le bouvreuil de papa… Aimez-vous les bouvreuils ? – Je préfère les serins, répondis-je non sans un certain effort. – Ah ! moi aussi, j'aime les serins, mais regardez donc comme il est gentil ! Voyez, il n'a pas peur. » J'étais surpris de n'avoir pas peur moi-même. « Approchez-vous ; il s'appelle Popka. » Je m'approchai et me penchai sur la cage. « Il est gentil, n'est-ce pas ? » Elle se tourna vers moi ; nous étions si près l'un de l'autre qu'elle fut obligée de renverser un peu la tête pour me regarder avec ses yeux brillants. Je la contemplai : tout son jeune visage vermeil s'illumina d'un sourire si affectueux que je souris à mon tour et faillis même rire de plaisir. La porte s'ouvrit, M. Ojoguine entra. Je me mis aussitôt à causer très librement avec lui, et je ne sais comment cela se fit, je restai à dîner et passai toute la soirée chez eux.

Le lendemain le laquais d'Ojoguine, pauvre diable efflanqué et presque aveugle, me souriait déjà comme à un ami de la maison en me débarrassant de mon manteau.

Trouver un refuge, se faire un nid même temporaire, connaître le charme tranquille des habitudes et des rapports journaliers, c'était un bonheur que moi, homme de trop et sans souvenirs de famille, je n'avais jamais éprouvé jusqu'alors. S'il était possible que quelque chose en moi pût faire songer à une fleur, et si cette comparaison n'était déjà si usée, je pourrais me résoudre à dire que de ce jour mon âme s'épanouit. Un changement instantané sembla se faire en moi et autour de moi : toute ma vie fut illuminée par l'amour, oui, ma vie entière, jusqu'aux moindres détails, ainsi qu'une chambre sombre et abandonnée dans laquelle aurait subitement pénétré la lumière. Je me levais et je me couchais, je déjeunais, je fumais ma pipe autrement que par le passé. Je sautillais même en marchant, oui, vraiment, je sautillais, comme s'il m'était tout à coup poussé des ailes aux épaules. Je me rappelle que je n'eus pas un seul instant de doute au sujet du sentiment que m'inspira Élisabeth Cyrillovna. Je fus passionnément amoureux d'elle dès le premier jour, et je sus dès le premier jour que j'étais amoureux d'elle. Pendant trois semaines, je ne cessai de la voir. Ces trois semaines furent le temps le plus heureux de ma vie ; mais c'est un souvenir qui me pèse. Je ne puis penser à ces trois semaines sans songer involontairement à ce qui arriva ensuite, et sans qu'une amertume empoisonnée ne pénètre ce cœur qui allait s'attendrir.

Lorsqu'un homme heureux est complètement sain d'esprit et de cœur, on sait que son cerveau travaille peu. Un sentiment calme et serein, le sentiment de la satisfaction, s'empare de tout son être ; il en est envahi, la conscience de sa personnalité lui échappe. « Il nage dans la béatitude », disent les mauvais poètes ; mais lorsque ce « charme » s'évanouit enfin, l'homme éprouve quelquefois un certain dépit, presque un regret de s'être si peu observé au milieu de son bonheur, de n'avoir point appelé la réflexion et le souvenir à son aide pour prolonger et doubler ses jouissances, comme si « dans la béatitude » l'homme pouvait trouver qu'il valût la peine de réfléchir sur ses sentiments ! L'homme heureux est comme une mouche au soleil. Aussi m'est-il presque impossible, lorsque je me rappelle ces trois semaines, de retenir dans mon esprit une impression exacte et définie. Cela me réussit d'autant moins qu'il ne se passa rien de particulièrement remarquable entre nous pendant tout ce temps… Ces vingt jours m'apparaissent comme quelque chose de chaud, de jeune et de parfumé, comme un rayon lumineux dans ma vie mate et décolorée. Ma mémoire ne devient tout à coup inexorablement précise et sûre qu'à compter du moment où, pour employer encore les expressions de ces mêmes mauvais poètes, « les coups du sort s'abattirent sur moi. »

Et pourtant ces trois semaines ont laissé en moi quelque empreinte. Lorsqu'il m'arrive parfois de réfléchir longuement sur cette époque, certains souvenirs se dégagent soudain des ténèbres du passé, pareils aux étoiles que le regard fixement tendu découvre inopinément au milieu du ciel nocturne. J'ai conservé surtout le souvenir d'une promenade à travers le bois qui se trouve derrière la ville d'O… Nous étions quatre : la vieille Ojoguine, Lise, moi et un certain Besmionkof, dont j'aurai encore à parler, employé inférieur domicilié à O… petit homme blondasse, paisible et bon.

M. Ojoguine était resté chez lui. Il s'était donné une migraine à force de dormir. La journée était magnifique, chaude et pure. Les Russes ne sont pas en général grands amateurs de jardins de plaisance ou de promenades publiques. Quelle qu'en soit la raison, on rencontre rarement âme qui vive dans ces soi-disant jardins publics ; une vieille femme vient de temps en temps s'asseoir en gémissant sur un banc de gazon bien rôti au soleil, près duquel s'élève un chétif arbuste. Si pourtant il se trouve aux environs de la ville un maigre petit bois de bouleaux, les marchands et quelquefois les employés aiment à s'y transporter les dimanches et les jours de fête ; ils emportent avec eux des samovars, des gâteaux et des melons d'eau, et, après avoir étalé toutes ces friandises sur l'herbe poussiéreuse qui borde la grande route, ils s'assoient tout à l'entour, boivent et mangent jusqu'au soir à la sueur de leurs fronts. Il existait justement un petit bois semblable à deux verstes de la ville d'O… Nous y allâmes un peu après le dîner. Besmionkof offrit son bras à la vieille Ojoguine, je donnai le mien à Lise. Le jour était déjà sur son déclin. C'était le temps de la première ferveur de mon amour (nous nous connaissions à peine depuis quinze jours). Je me trouvais dans cet état d'adoration passionnée et attentive où toute notre âme suit innocemment et involontairement les moindres mouvements de l'être aimé, où nous ne pouvons nous rassasier de sa présence, ni assez entendre sa voix, où nous regardons autour de nous et sourions comme un enfant en convalescence, où tout homme quelque peu expérimenté doit reconnaître à cent pas et à première vue ce qui se passe en nous. Il ne m'était pas arrivé jusqu'à ce jour de donner le bras à Lise.

Nous marchions côte à côte, foulant doucement l'herbe verte. Une légère petite brise voltigeait autour de nous à travers les troncs blanchâtres des bouleaux, et me jetait parfois le ruban du chapeau de

Lise au visage. Je suivais obstinément son regard jusqu'au moment où elle se tournait enfin gaiement vers moi, et nous nous mettions à nous sourire l'un à l'autre. Les oiseaux semblaient nous gazouiller leur approbation, le ciel bleu nous contemplait avec tendresse à travers le feuillage menu et transparent. L'excès du bonheur me donnait le vertige. Je me hâte de faire observer que Lise n'était aucunement éprise de moi. Je lui plaisais, elle n'était pas sauvage de nature ; mais ce n'est pas à moi qu'il était donné de troubler sa placidité enfantine. Elle se suspendait à mon bras comme à celui d'un frère. Elle venait d'entrer dans sa dix-septième année… Et cependant ce soir-là même commença devant moi cette douce fermentation intérieure qui précède la transformation de la jeune fille en femme… Je fus témoin de cette transfiguration, de cette incertitude innocente, de cette méditation inquiète ; je fus le premier à remarquer cette subite mollesse du regard, cette inégalité dans les sons de la voix, et, ô pauvre niais ! homme de trop sur la terre ! je n'eus pas honte de supposer pendant toute une semaine que j'étais, moi, la cause de ce changement !…

Il y avait longtemps que nous nous promenions ; le soir était venu, nous nous parlions peu. Je me taisais, comme le font tous les amoureux qui ont peu d'expérience, et elle faisait de même, probablement parce qu'elle n'avait rien à me dire ; mais elle paraissait absorbée par une pensée secrète, et secouait la tête d'une façon toute particulière en mordillant d'un air rêveur une feuille qu'elle venait de cueillir.

Elle se mettait par moments à marcher en avant d'une manière résolue, puis s'arrêtait tout à coup, m'attendait et regardait autour d'elle en souriant d'un air distrait. La veille, nous avions lu ensemble le Prisonnier du Caucase[2]. Avec quelle avidité elle m'avait écouté, tout en tenant son visage dans ses deux mains et sa poitrine appuyée contre la table ! Je me mis à lui parler de cette lecture ; elle rougit, me demanda si avant de partir j'avais donné de la graine de chènevis à son bouvreuil, entonna à haute voix une romance et retomba subitement dans le silence. Le bois s'adossait d'un côté à un

2 Poème de Pouchkine.

escarpement roide et élevé ; une petite rivière sinueuse coulait au-dessous, et au-delà de la rivière s'étendait une vaste prairie qui tantôt ondulait légèrement, et tantôt devenait unie comme une nappe ; des ravins l'entrecoupaient çà et là. Nous étions arrivés les premiers, Lise et moi, sur la lisière du bois ; Besmionkof était resté en arrière avec la vieille Ojoguine. Nous sortîmes du fourré, nous nous arrêtâmes, et tous les deux nous fûmes forcés de cligner des yeux : juste en face de nous, le soleil se couchait, sanglant et superbe au milieu d'un nuage incandescent. Une moitié du ciel était embrasée ; des rayons empourprés tombaient obliquement sur les prairies, jetaient un reflet vermeil jusque sur la partie des ravins déjà couverte d'ombre, s'étendaient en jets de plomb fondu sur la petite rivière aux endroits où elle ne se cachait pas sous les arbrisseaux penchés sur ses rives, et allaient donner d'aplomb sur le flanc de l'escarpement et sur le rideau serré du bois. Nous restions immobiles, enveloppés d'une lueur ardente. Je ne suis pas en état de rendre toute la solennité passionnée de ce tableau.

On dit que pour un aveugle la couleur rouge correspond au son des trompettes. Je ne saurais dire à quel point la comparaison est exacte ; mais il y avait réellement quelque chose d'impérieusement éclatant, comme un appel suprême, dans ce torrent d'or flamboyant, dans ce vaste embrasement du ciel et de la terre. Je jetai un cri d'enthousiasme et me tournai aussitôt vers Lise. Elle tenait les yeux fixés droit sur le soleil. Je me rappelle qu'il se reflétait dans ses yeux en petits points lumineux. Elle était touchée et profondément émue. Elle ne répondit pas à mon exclamation, mais resta longtemps immobile, la tête baissée… Je lui tendis la main ; elle se détourna et se mit tout à coup à pleurer. Je la regardais avec une incertitude secrète et presque joyeuse… La voix de Besmionkof retentit à deux pas de nous. Lise essuya rapidement ses larmes et me regarda avec un sourire indécis. Mme Ojoguine sortit du bois appuyée sur son cavalier. Ils s'arrêtèrent à leur tour pour admirer ce magnifique tableau. La vieille dame fit une question à sa fille, et je me rappelle mon tressaillement involontaire quand la voix de Lise résonna avec une vibration cristalline en répondant à sa mère. Le soleil s'était couché pendant ce temps, et l'incendie du soir commençait à s'éteindre. Nous retournâmes sur nos pas. Je repris le bras de Lise. Il faisait encore assez clair dans le bois, et je pouvais distinguer ses traits. La rougeur qui s'était répandue sur tout son visage n'avait pas encore disparu : elle semblait être encore enveloppée des rayons du soleil couchant. Son bras effleurait à peine le mien. Je fus longtemps avant d'oser parler, tant mon cœur battait fortement. Une voiture apparut dans le lointain à travers les arbres : c'était le cocher qui venait à notre rencontre, au pas, sur la route sourde et sablonneuse.

– Élisabeth Cyrillovna, dis-je enfin, pourquoi donc pleuriez-vous ?

– Je ne sais, répondit-elle après un instant de silence.

Elle fixa sur moi ses yeux encore humides de larmes. Son regard me parut transformé.

– Je vois que vous aimez la nature ? repris-je. Ce n'était pas là du tout ce que j'avais voulu dire, et j'eus de la peine à balbutier la fin de cette phrase. Elle secoua la tête. Je n'étais plus en état de prononcer une syllabe… J'attendais je ne sais quoi… était-ce un aveu ? Allons donc ! J'attendais un regard confiant, une question… Mais Lise tenait les yeux baissés et se taisait. Je répétai encore à demi-voix : « Pourquoi ? » et restai sans réponse. Je voyais qu'elle était gênée et presque honteuse.

Un quart d'heure après, nous étions assis tous les quatre dans la voiture et nous nous approchions de la ville. Les chevaux couraient d'un trot régulier ; nous roulions rapidement à travers l'air frais et obscur. Je me mis à causer, m'adressant toujours soit à Besmionkof, soit à Mme Ojoguine. J'évitais de tourner les yeux vers Lise, mais je pouvais remarquer qu'enfoncée dans un coin de la voiture, ses regards erraient çà et là, et ils s'arrêtèrent plus d'une fois sur moi. Arrivée à la maison, elle reprit son empire sur elle-même ; mais elle ne voulut cependant continuer notre lecture, et elle alla se coucher de bonne heure. La crise, cette crise dont j'ai parlé, venait de s'accomplir en elle. Elle avait cessé d'être une enfant, elle aussi commençait à attendre… comme moi. Elle n'attendit pas longtemps.

Je rentrai ce soir-là avec un enchantement dans le cœur. Quelque chose de vague qui avait germé en moi comme un pressentiment, comme un soupçon, s'évanouit soudain. Je mis sur le compte de la pudeur virginale et de la timidité cette subite contrainte que j'avais remarquée dans la manière d'être de Lise vis-à-vis de moi… N'avais-je pas lu mille fois, et dans beaucoup d'ouvrages, que la première apparition de l'amour trouble et effraie une jeune fille ? Je me sentais excessivement heureux et me livrais déjà à toute sorte de projets.

Si quelqu'un m'avait alors dit à l'oreille : « Tu fais fausse route, l'ami ; ce n'est pas là ce qui t'attend, frère. Ce qui t'attend, c'est la mort dans l'isolement, sous le toit d'une vilaine maison délabrée, au bruit des gronderies insupportables d'une vieille mégère qui guette impatiemment ta dernière heure afin de vendre tes vieilles bottes ! … » Oui, je me sens malgré moi porté à répéter avec un grand philosophe russe : « Comment savoir ce qu'on ne sait pas ? » À demain.

25 mars. – Neigeuse journée d'hiver.

Je viens de relire ce que j'ai écrit hier, et j'ai été au moment de tout déchirer. Il me semble que je raconte avec trop de sensiblerie et que j'entre dans trop de détails. Pourquoi, du reste, ne me passerais-je pas cette fantaisie, puisque les autres souvenirs de cette époque ne peuvent m'offrir que cette jouissance d'espèce particulière que Lermontof a en vue lorsqu'il dit qu'on trouve à la fois de la souffrance et de la joie à irriter les cicatrices d'une ancienne blessure ? Mais il faut enfin savoir s'arrêter. Voilà pourquoi je continue sans aucune sensiblerie.

Pendant la semaine qui suivit notre promenade, ma situation ne s'améliora pas le moins du monde, et pourtant la transformation de Lise devenait plus frappante de jour en jour. Je le répète, Je m'étais expliqué ce changement de la manière la plus flatteuse pour moi… Le malheur des gens solitaires et timides, – timides par amour-propre, – consiste en ce que tout en ayant des yeux, en les écarquillant même, ils voient tout sous un aspect faux, comme s'ils regardaient à travers des lunettes de couleur. Leurs propres pensées et leurs propres observations les troublent à chaque pas. Aux premiers jours de notre liaison, Lise était libre et confiante avec moi comme un enfant, il est même possible qu'il y eût dans cette manière d'être quelque inclination naïve… Mais lorsque s'accomplit cette crise étrange et presque instantanée, elle se sentit, après une courte incertitude, gênée en ma présence ; elle me fuyait involontairement et se montrait en même temps triste et rêveuse… Elle attendait… Qu'attendait-elle ? Elle n'en savait rien elle-même… et moi… moi, j'étais heureux de ce changement… Je suis prêt à convenir d'ailleurs que tout autre aurait pu s'y tromper à ma place, car qui donc est sans amour-propre ? Il est inutile de dire que tout cela ne devint clair pour moi que dans les derniers temps, lorsque je fus enfin obligé de replier mes ailes froissées, ces ailes qui ne m'auraient jamais porté ni haut ni loin.

Ce malentendu entre Lise et moi dura toute une semaine, et il n'y a là rien d'étonnant : il m'est arrivé d'être témoin de malentendus qui ont duré des années. Quel est celui qui ose dire que la vérité seule est réelle ? Le mensonge est tout aussi vivace que la vérité ; peut-être l'est-il plus encore.

Je me souviens en effet que pendant cette semaine même mon ver rongeur, le doute, se remua plus d'une fois dans mon cœur… Mais les hommes solitaires de notre espèce ne sont pas plus en état de comprendre ce qui se passe en eux que ce qui s'accomplit sous leurs yeux. Et l'amour serait-il par hasard un sentiment naturel ? Est-il dans la nature de l'homme d'aimer ? L'amour est une maladie, et les maladies ne sont soumises à aucune règle. J'admets que mon cœur se soit parfois serré d'une manière désagréable ; mais c'est que tout était sens dessus dessous en moi. Comment donc reconnaître ce qui est vrai ou faux, et quelle raison, quelle signification donner à chaque sensation séparée ? Quoi qu'il en soit, tous ces malentendus, tous ces pressentiments et toutes ces espérances furent bientôt dissipés.

Un jour, – c'était le matin, il pouvait être midi, – je venais d'entrer dans l'antichambre d'Ojoguine, lorsque j'entendis une voix inconnue et sonore qui retentissait dans le salon. La porte s'ouvrit, et sur le seuil apparut, en compagnie du maître de la maison, un jeune homme d'environ vingt-cinq ans, grand et bien fait ; il s'enveloppa rapidement dans un manteau militaire qu'il avait laissé sur un banc, prit affectueusement congé de Cyril Matvéitch, passa devant moi en portant négligemment la main à sa casquette, et disparut en faisant résonner ses éperons.

– Qui est-ce donc ? demandai-je à Ojoguine.

– C'est le prince N… me répondit-il avec une figure soucieuse. Il a été envoyé de Pétersbourg pour inspecter des recrues. Que sont devenus mes gens ? continua-t-il avec dépit.

Un aide de camp de l'empereur, il n'y avait personne pour lui mettre son manteau !

Nous entrâmes dans la salle.

– Est-il arrivé depuis longtemps ? demandai-je.

– Depuis hier au soir. Je lui ai offert une chambre qu'il a refusée. Il a d'ailleurs l'air d'un aimable garçon.

– Est-il resté longtemps chez vous ?

– Une heure. Il m'a demandé de le présenter à Olympie Nikitichna.

– Et vous l'avez fait ?

– Naturellement.

– Et à Lise Cyrillovna ?…

– Cela s'entend. Ils ont fait connaissance.

– Ne savez-vous pas pour combien de temps il est venu ?

– Oui, pour une quinzaine de jours à peu près. Là-dessus Cyril Matvéitch courut s'habiller. Je ne me rappelle pas que l'arrivée du prince ait éveillé alors la moindre appréhension en moi, si ce n'est ce sentiment de malveillance qui s'empare ordinairement de nous lorsqu'un nouveau visage s'introduit dans notre cercle d'intimes. Peut-être se mêlait-il encore à ce sentiment un je ne sais quoi qui ressemblait à la jalousie qu'inspire tout brillant officier de Pétersbourg à un timide et obscur habitant de la province. « Ce prince, me disais-je, est un des beaux de la capitale ; il va nous regarder du haut de sa grandeur… » Je ne l'avais guère vu plus d'une minute, mais j'avais déjà remarqué qu'il était joli garçon, adroit et bien tourné.

Après avoir fait quelques tours dans la salle, je m'étais enfin arrêté devant un miroir ; je tirai un petit peigne de ma poche pour donner à ma chevelure un air de négligence pittoresque, et, comme cela arrive parfois, je m'étais subitement plongé dans la contemplation de mon propre visage. Je me souviens que mon attention s'était péniblement concentrée sur mon nez, dont les contours mous et incertains ne me plaisaient guère, lorsque je vis tout à coup une porte s'ouvrir dans la profondeur de la glace penchée, qui reflétait presque toute la chambre, et se montrer la svelte figure de Lise. Je ne sais pourquoi je restai immobile. Lise avança la tête, me regarda attentivement, se mordit les lèvres, et, en retenant son haleine comme quelqu'un qui se flatte de n'avoir pas été aperçu, elle recula avec précaution et tira doucement la porte sur elle. Les gonds firent un léger bruit… Je ne bougeai pas. Elle tira le bouton de la porte et disparut. Il n'y avait plus aucun doute possible. L'expression du visage de Lise, cette expression dans laquelle on ne lisait que le désir d'échapper à une rencontre désagréable, la passagère lueur de plaisir que j'avais eu le temps de saisir dans son regard quand elle crut avoir réellement réussi à disparaître sans être remarquée, tout me disait assez clairement : cette jeune fille n'a pas le moindre amour pour vous. Je restai longtemps, bien longtemps, sans avoir la force de détacher mon regard de la porte immobile et muette qui avait reparu comme une tache blanche dans le fond du miroir. Je voulus sourire à ma propre image, mais ma mine allongée ne s'y prêta point. Je baissai la tête, m'en retournai à la maison et me jetai sur mon divan. J'avais un poids si affreux sur le cœur que je ne pus pleurer.

– Est-ce possible ? me répétais-je sans cesse, couché sur le dos comme un mort et les bras croisés sur ma poitrine ; est-ce possible ? … Que pensez-vous de mon « est-ce possible ? »

26 mars. – Dégel.

Lorsque j'entrai le lendemain, après de longues hésitations et en tremblant, dans le salon des Ojoguine, je n'étais déjà plus le même homme que celui qu'ils connaissaient depuis trois semaines. Toutes les anciennes manies dont j'avais commencé à me déshabituer sous l'influence d'un sentiment nouveau reparurent soudain, et reprirent possession de moi comme un maître de maison qui rentre chez lui. Et ce n'est pas étonnant : les êtres de mon espèce tiennent moins de compte des faits positifs que des impressions personnelles. Pas plus tard que la veille, j'avais encore rêvé aux « enthousiasmes de l'amour réciproque », et le lendemain déjà je ne doutais pas le moins du monde de mon « infortune », et me considérais comme au comble du désespoir, quoique je n'eusse pas été en état de trouver le plus petit prétexte raisonnable à ma douleur. Je ne pouvais pas être jaloux du prince, car, quels que fussent ses mérites, son apparition seule ne suffisait pas pour détruire d'un coup toutes les bonnes dispositions de Lise à mon égard…

Cependant ces dispositions existaient-elles réellement ? Je me rappelais le passé. – Et la promenade au bois ? me disais-je. Mais l'expression de son visage dans le miroir ?… Eh bien ! continuais-je, il semblerait néanmoins que la promenade au bois… Mon Dieu ! quel être insipide je fais ! m'écriai-je enfin à haute voix. C'est ainsi que des pensées inachevées et à demi exprimées renaissaient mille fois en tourbillon informe pour bourdonner dans mon cerveau. À mon retour chez les Ojoguine, j'étais redevenu, je le répète, le même homme susceptible, soupçonneux et guindé que j'avais été dès l'enfance.

Toute la famille était réunie au salon. Besmionkof aussi était assis dans un coin. Tout le monde paraissait de bonne humeur. Ojoguine surtout était rayonnant ; il m'apprit dès la première parole que la veille le prince N… avait passé la soirée chez eux. Lise m'accueillit poliment. « Eh bien ! me dis-je, je comprends maintenant pourquoi vous êtes tous de bonne humeur. » J'avoue que la seconde visite du prince me surprenait. Je ne m'y étais pas attendu. Les gens qui me ressemblent s'attendent à tout au monde, excepté à ce qui doit arriver dans l'ordre naturel des choses. Je me mis à bouder et à prendre l'air d'un homme offensé, mais généreux. Je voulais punir Lise en lui témoignant mon déplaisir, ce qui prouve du reste que je n'avais pas encore perdu tout espoir. On dit qu'il peut être quelquefois utile de tourmenter l'être adoré, quand on est véritablement aimé soi-même ; mais c'était une sottise inouïe dans ma position. Lise ne faisait nulle attention à moi. Seule la vieille Ojoguine fut frappée de mon silence solennel, et s'informa de ma santé d'un air inquiet. Je lui répondis naturellement, mais avec un sourire amer, qu'elle était, Dieu merci ! parfaitement bonne.

Ojoguine continuait à s'étendre en mille détails au sujet de son hôte ; mais, voyant que je lui répondais de mauvaise grâce, il s'adressa à Besmionkof, qui l'écoutait avec la plus grande attention, lorsqu'un domestique entra pour annoncer le prince N... Le maître de la maison se leva précipitamment pour aller à sa rencontre. Lise, sur laquelle j'avais aussitôt fixé un regard d'aigle, rougit de plaisir et fit un mouvement sur sa chaise. Le prince entra parfumé, gai, caressant...

Comme je ne compose pas mon récit pour le soumettre à un lecteur bienveillant, mais que j'écris simplement pour mon propre plaisir, je puis me dispenser d'avoir recours aux manèges ordinaires de messieurs les romanciers, et dire tout de suite, sans de plus longs détours, que du premier jour Lise s'était éprise du prince, et que le prince était devenu amoureux d'elle, en partie par oisiveté, en partie par l'habitude qu'il avait de tourner la tête aux femmes, mais aussi parce que Lise était vraiment une créature charmante. Le prince ne s'était pas attendu probablement à trouver un pareil joyau dans une aussi vilaine coquille (je parle de l'horrible ville d'O...), et jusqu'alors Lise n'avait pas même vu en songe un être semblable à ce gentilhomme brillant et spirituel.

Après les premiers compliments d'usage, Ojoguine me présenta au prince, qui se montra fort poli. Il était en général très affable pour tout le monde, et, malgré la distance incommensurable qui existait entre lui et notre obscure société de province, il avait non seulement l'art de ne gêner personne, mais encore celui de paraître se croire des nôtres et de n'habiter Pétersbourg que par hasard.

Ce premier soir... oh ! ce premier soir !... Aux jours heureux de notre enfance, nos professeurs nous racontent et nous citent comme exemple le trait d'héroïque patience de ce jeune Lacédémonien, qui ayant dérobé un renard et l'ayant caché sous sa chlamyde, se laissa ronger les entrailles sans jeter un seul cri, préférant ainsi la mort à l'opprobre… Je ne puis trouver de meilleure comparaison pour exprimer mes cruelles souffrances pendant cette soirée où je vis pour la première fois le prince à côté de Lise.

Mon sourire continuellement forcé, ma surveillance pleine d'anxiété, mon silence stupide, mon désir constant et inutile de m'éloigner, étaient sans doute des choses assez remarquables dans leur genre. Ce n'était pas un renard seul qui me dévorait les entrailles : la jalousie, l'envie, le sentiment de ma nullité, une méchanceté impuissante, me déchiraient tour à tour. Je ne pouvais m'empêcher de reconnaître que le prince était réellement fort aimable… Je le dévorais des yeux, et je crois même que j'oubliai mon clignement habituel en le regardant. Il ne s'entretenait pas uniquement avec Lise, mais tout ce qu'il disait s'adressait à elle seule. Je devais certes l'ennuyer affreusement… Je suppose qu'il devina bientôt qu'il avait affaire à un amoureux éconduit, et que ce fut par compassion sans doute et aussi par une profonde conviction de ma parfaite innocuité qu'il se montra si affable avec moi. Vous pouvez vous imaginer combien je me sentais blessé !

Je… – ne vous moquez pas de moi, qui que vous soyez, sous les yeux duquel seront tombées ces lignes, d'autant plus que ce furent là mes derniers rêves, – je me figurai tout à coup, au milieu de mes angoisses, que Lise voulait me punir pour la froideur présomptueuse que j'avais montrée au commencement de ma visite, qu'elle était irritée contre moi, et que le dépit seul la portait à faire la coquette avec le prince. Je saisis un moment favorable pour m'approcher d'elle, et je balbutiai avec un sourire à la fois soumis et tendre : « Assez ; pardonnez-moi… Du reste, ce n'est pas que je craigne… » Et, sans attendre sa réponse, je donnai tout à coup à mon visage une expression vive et dégagée qui ne lui était nullement habituelle, puis je levai la main au-dessus de ma tête dans la direction du plafond (il me souvient que je croyais arranger ma cravate), et me disposai même à pirouetter sur un pied, comme si je voulais dire : « Tout est fini, me voilà de bonne humeur, soyons tous de bonne humeur… »

J'abandonnai cependant l'idée de la pirouette, car je me sentais une certaine raideur peu naturelle dans les genoux qui aurait pu me faire choir sur le plancher… Lise ne me comprenait décidément pas ; elle me regarda avec surprise, droit dans les yeux, sourit avec la précipitation d'une personne qui désire en finir vite, et retourna auprès du prince. J'avais beau être aveugle et sourd ; il n'y avait pas moyen de croire qu'elle était le moins du monde irritée ou dépitée contre moi dans ce moment ; elle ne songeait pas même à moi. Le coup était décisif : mes dernières espérances s'écroulèrent avec fracas, comme un bloc de glace exposé au soleil, qui se brise soudain en menus fragments. Je fus complètement désarçonné dès la première attaque et perdis tout en un jour, comme les Prussiens à Iéna. Non, elle ne m'en voulait point bien au contraire, hélas ! Je m'apercevais qu'elle était elle-même emportée comme par un flot. Pareille à un jeune arbre déjà à moitié arraché du rivage, elle se penchait sur le torrent avec avidité, prête à lui donner pour toujours et le premier épanouissement de son printemps et sa vie entière. Celui qui est condamné à être témoin d'un entraînement pareil peut se dire qu'il a passé par un instant très amer, s'il aime lui-même sans qu'on lui rende son amour. Je me rappellerai éternellement cette attention dévorante, cette gaieté pleine de caresse, cet oubli de soi-même, ce regard encore enfant et déjà féminin, ce sourire heureux, et pour ainsi dire à peine épanoui, qui ne quittait ni ses lèvres entr'ouvertes ni ses joues rougissantes… Tout ce que Lise avait vaguement pressenti au temps de notre promenade dans le bois s'accomplissait alors, et, s'abandonnant tout entière à l'amour, elle s'apaisait et devenait plus sereine à la fois, comme un vin nouveau qui cesse de fermenter, parce que son heure est venue…

J'avais eu la patience de passer cette soirée avec elle ; il en fut de même de toutes les soirées suivantes, – toutes, jusqu'à la dernière.

Lise et le prince s'attachaient tous les jours davantage l'un à l'autre. Je ne pouvais plus conserver le moindre espoir… Mais j'avais décidément perdu le sentiment de ma propre dignité, et je n'avais plus la force de me dérober au spectacle de mon propre malheur. Je me rappelle que j'essayai un jour de ne pas aller chez les Ojoguine ; je m'étais donné dès le matin ma parole d'honneur de rester à la maison, mais, à huit heures du soir (j'y allais ordinairement à sept heures), je m'étais jeté comme un fou à bas de mon siège, pour prendre mon chapeau et courir tout essoufflé dans le salon de Cyril Matvéitch. Ma position était des plus sottes ; je me taisais obstinément, je ne prononçais souvent pas un seul mot pendant des journées entières… J'ai déjà dit que je ne m'étais jamais distingué par mon éloquence, mais dans ce temps-là tout ce que j'avais dans l'esprit semblait s'envoler quand je me trouvais en présence du prince. De plus je mettais, quand j'étais seul, ma pauvre cervelle tellement à la torture, en la forçant de réfléchir à fond sur tout ce que j'avais surpris ou observé la veille, qu'il me restait à peine assez de forces pour de nouvelles observations, quand je retournais chez les Ojoguine. On me ménageait comme on ménage un malade ; je m'en apercevais. Chaque matin, je prenais une résolution « nouvelle et définitive » que j'avais la plupart du temps péniblement couvée pendant une nuit sans sommeil. Tantôt je me disposais à avoir une explication avec Lise, à lui donner un conseil d'ami ; puis, s'il m'arrivait d'être seul avec elle, ma langue cessait soudain d'agir, comme frappée de paralysie, et nous en étions tous les deux réduits à appeler avec angoisse la présence d'un tiers.

Tantôt je voulais fuir, pour la vie s'entend, et laisser à celle que j'aimais une lettre pleine de reproches ; cette lettre fut même commencée, mais l'instinct de la justice n'était pas encore complètement éteint en moi : je compris que je n'avais aucun droit de faire des reproches à qui que ce fût, et je jetai ma missive au feu. Tantôt je m'offrais généreusement en holocauste, je donnais ma bénédiction à Lise, je lui souhaitais un amour heureux et j'adressais de mon coin un sourire affectueux à mon rival : mais non seulement ces amoureux impitoyables ne me remercièrent pas de mon sacrifice, ils ne le remarquèrent même pas, ils ne se souciaient évidemment ni de mes bénédictions ni de mes sourires… Le dépit me faisait alors tomber tout à coup dans une disposition d'esprit complètement opposée : je me promettais de m'envelopper dans un manteau à l'espagnole pour aller égorger mon heureux rival dans une embuscade, et je me figurais avec une joie bestiale le désespoir de Lise ; mais premièrement la ville d'O… ne possédait que peu de recoins commodes, et en second lieu une palissade de bois, de fumeux réverbères, une sentinelle endormie dans une vieille guérite… Non, décidément, dans de pareilles rues il est plus naturel de faire le commerce d'échaudés que de verser le sang de son prochain. Je dois confesser que, parmi les divers moyens de délivrance, – c'était une des expressions fort vagues que j'employais en conversant à part moi, j'avais compté celui de m'adresser à Ojoguine lui-même… d'appeler l'attention de ce gentilhomme sur la position dangereuse de sa fille, sur les suites déplorables de son imprudence ; je me décidai même à entamer un jour avec lui ce sujet délicat… Mes discours avaient quelque chose de si entortillé et de si ténébreux, qu'après m'avoir longtemps écouté en silence, il fit tout à coup un brusque mouvement, passa rapidement la paume de sa main sur son visage, de l'air d'un homme qui veut s'empêcher de dormir, articula un grognement sourd, et passa de l'autre côté de la chambre.

Inutile de dire que je m'étais persuadé que je n'agissais que d'après les vues les plus désintéressées en prenant cette résolution, que je croyais remplir le devoir d'un ami de la maison ; mais j'ose affirmer que lors même que Cyril Matvéitch n'eût pas interrompu mes épanchements, je n'aurais pas eu le courage de terminer mon monologue. Je me mettais parfois à peser les mérites du prince avec la gravité d'un sage de l'antiquité ; parfois je cherchais une consolation dans l'espoir, et me disais que tout cela n'avait rien de sérieux, que Lise reviendrait à elle, que son amour n'était pas l'amour véritable… Je ne sais vraiment quelle est la pensée après laquelle je n'essayai pas de courir alors. J'avoue franchement qu'il y avait une solution, une seule, qui ne me vînt jamais en tête : je ne songeai pas une seule fois à m'ôter la vie. Je ne saurais dire pourquoi cette pensée ne se présenta jamais à mon esprit… Peut-être pressentais-je déjà qu'il ne me restait après tout que peu de temps à vivre.

On comprend que ma position devenait de plus en plus embarrassée. La vieille Ojoguine elle-même, cette créature obtuse, commençait à me fuir et ne savait par quel bout me prendre. Besmionkof, toujours poli et serviable, m'évitait aussi ; il me semblait que nous étions confrères, et que lui aussi aimait Lise. Seulement il ne relevait jamais mes allusions et ne causait pas volontiers avec moi. Le prince lui témoignait beaucoup d'amitié, il l'estimait sans doute. Nous n'empêchions ni l'un ni l'autre le prince de poursuivre ses projets sur Lise ; mais Besmionkof ne les fuyait pas comme moi, il n'avait pas l'air d'un loup ou d'une victime et se rapprochait d'eux de bonne grâce quand ils le désiraient.

Il faut dire qu'il ne montrait pas grande jovialité dans ces occasions, mais il y avait toujours eu quelque chose de contenu dans sa gaieté.

Deux semaines environ s'étaient écoulées de la sorte. Outre qu'il était beau et spirituel, le prince était musicien, chantait, dessinait assez bien et contait à ravir. Les anecdotes qu'il tirait des sphères élevées du monde de Pétersbourg faisaient sur ses auditeurs une impression d'autant plus forte qu'il avait l'air de n'y attacher aucune importance. Le résultat de cette simple habileté du prince fut qu'il charma décidément toute la société d'O... pendant le court séjour qu'il fit dans cette ville. Il est très facile à un brillant homme du monde d'ensorceler des provinciaux comme nous. Les fréquentes visites que le prince faisait aux Ojoguine (il y passait toutes ses soirées) excitaient naturellement la jalousie des autres propriétaires et employés ; mais le prince avait trop de savoir-vivre et d'intelligence pour négliger le moindre d'entre eux ; il allait chez les uns et les autres, adressait ne fût-ce qu'un seul mot aimable à tous les hommes et à toutes les femmes, se laissait offrir des mets bizarres et indigestes, buvait des vins frelatés à étiquettes pompeuses, et se montrait, en un mot, convenable, prudent et adroit. Le caractère du prince était habituellement enjoué et sociable, aimable par penchant, et par calcul aussi quand il le jugeait à propos : comment n'aurait-il pas réussi complètement ?

Depuis le jour de son arrivée, toute la maison des Ojoguine trouvait que le temps s'envolait avec une rapidité prodigieuse. Quoique feignant de ne rien remarquer, les vieux époux se frottaient probablement les mains en secret à l'idée de captiver un gendre pareil ; le prince lui-même menait les choses avec un calme parfait, lorsque tout à coup un événement inattendu…

À demain encore !… Je suis fatigué aujourd'hui.

Ces souvenirs m'irritent jusqu'au bord du tombeau. Térence a trouvé aujourd'hui que mon nez s'effilait du bout, et on dit que c'est un mauvais signe.

Chapitre III

27 mars. – Le dégel continue.

Toutes choses se trouvaient dans la situation que j'ai décrite plus haut. Le prince et Lise s'aimaient ; les vieux Ojoguine attendaient une solution. Besmionkof aussi faisait acte de présence ; c'est tout ce qu'on pouvait dire de lui. Je me heurtais à tout comme un poisson sous la glace et j'observais de tous mes yeux. C'était le temps où je m'étais donné la mission de veiller à ce que Lise ne se laissât pas prendre dans les pièges du séducteur : en effet, j'avais déjà commencé à fixer mon attention sur les femmes de service et sur le fatal escalier dérobé, ce qui ne m'empêchait pas de passer des nuits entières à me représenter la touchante générosité avec laquelle je tendrais plus tard ma main à la victime délaissée en lui disant : « Il t'a trahie, le misérable ! mais je reste éternellement ton meilleur ami… Oublions le passé et soyons heureux ! »

Telles étaient mes réflexions lorsqu'une nouvelle joyeuse se répandit subitement par toute la ville d'O… Le bruit courut que le maréchal du district donnait, en l'honneur du noble visiteur, un grand bal dans son château. Des invitations furent envoyées à toutes les notabilités et à toutes les puissances, à partir du préfet jusqu'à l'apothicaire, un Allemand par excellence qui avait de cruelles prétentions à parler purement le russe, et qui, tout en étant le plus pacifique des hommes, employait sans cesse et hors de propos les expressions les plus fortes et les plus exagérées… Les préparatifs de la fête furent terribles. Un parfumeur vendit seize pots de pommade ornés de l'inscription : « à la jasmine », avec un e à la fin. Les demoiselles étaient plongées dans la confection de robes empesées qui leur prenaient la taille comme dans un étau et dont les pointes arrivaient sur le ventre ; les mères surchargeaient leurs propres têtes de certains monuments curieux qui devaient ressembler à des bonnets ; les pères affairés n'avaient plus, comme on dit, ni pieds ni pattes.

Le jour désiré arriva enfin. J'étais au nombre des invités. Le château du maréchal était situé à neuf verstes de la ville. Cyril Matvéitch m'offrit une place dans sa voiture, mais je la refusai, comme un de ces enfants en pénitence qui voudraient se venger de leurs parents en se privant à table de leurs mets favoris. Je sentais aussi que ma présence gênerait Lise. Besmionkof me remplaça. Le prince alla dans sa calèche, moi dans un vilain drochki que j'avais loué fort cher pour cette occasion solennelle.

Je ne vais pas décrire ce bal. Tout ce qui constitue un bal de province s'y trouvait : dans les tribunes, des musiciens avec des trompettes extraordinairement fausses, des propriétaires ébahis avec leurs familles aux costumes surannés, des glaces violettes, de l'orgeat visqueux, des domestiques en bottes déformées et en gants de coton tricotés, des lions de petite ville aux visages convulsivement contractés. Tout ce petit monde tournait autour de son soleil… autour du prince. Perdu dans la foule, dédaigné même des demoiselles de quarante-huit ans, qui avaient des boutons rouges sur le front et des fleurs bleues sur le sommet de la tête, je regardais continuellement soit le prince, soit Lise. Elle était fort bien mise et très jolie ce soir-là. Ils n'avaient dansé que deux fois ensemble (il est vrai qu'il dansa la mazurka avec elle), mais je crus m'apercevoir qu'il existait une certaine intelligence entre eux. Même sans la regarder, sans lui parler, on sentait toujours que le prince ne s'adressait qu'à elle, à elle seule ; s'il était beau, brillant et aimable avec les autres, ce n'était que pour elle seule qu'il l'était.

Elle avait évidemment la conscience d'être la reine du bal et d'être aimée : son visage reflétait à la fois une joie enfantine et un orgueil innocent ; il s'illuminait même d'un autre sentiment plus profond. Elle rayonnait de bonheur. Je remarquais tout cela ; ce n'était pas la première fois qu'il m'arrivait de l'observer. J'en fus d'abord fort attristé, puis touché en quelque sorte, et enfin complètement furieux. Je me sentis tout à coup excessivement méchant, et je me souviens que cette nouvelle sensation me causa une jouissance extrême, et que j'en ressentis même quelque estime pour ma personne.

« Montrons-leur que nous ne sommes pas encore réduits à néant », me dis-je en moi-même. Dès que résonnèrent les sons entraînants de la mazurka, je jetai tranquillement les yeux autour de moi et les arrêtai sur une demoiselle qui avait une figure allongée, un nez rouge et luisant, une bouche qui s'ouvrait si disgracieusement qu'on l'aurait crue déboutonnée, et un cou veineux qui rappelait l'archet d'une contrebasse. Je m'approchai froidement d'elle et l'invitai d'un air dégagé en faisant sèchement frapper mes talons l'un contre l'autre. Elle portait une robe rose qui paraissait relever de maladie et entrer à peine en convalescence ; une espèce de mouche déteinte et mélancolique tremblait sur sa tête et se balançait sur un gros ressort en cuivre. Elle semblait en général pénétrée d'outre en outre, si l'on peut s'exprimer ainsi, d'une sorte d'ennui aigre et d'infortune moisie. Elle n'avait pas bougé de sa place depuis le commencement de la soirée, car personne n'avait songé à l'inviter. Un blondin de seize ans avait voulu, dans sa disette d'autres danseuses, s'adresser à elle, et avait déjà fait quelques pas dans cette direction, lorsqu'il réfléchit un instant, la regarda et se perdit précipitamment dans la foule.

On peut se figurer le joyeux étonnement avec lequel elle accepta mon invitation. Je la conduisis triomphalement à travers toute la salle ; je m'emparai de deux chaises et m'installai avec elle dans le cercle des danseurs, où nous formions le dixième couple et étions presque en face du prince, auquel on avait naturellement réservé la meilleure place. Le prince, je l'ai déjà dit, dansait avec Lise. Je ne fus guère fatigué d'invitations, ni ma danseuse non plus. Il nous restait suffisamment de temps pour danser. Il faut pourtant dire que ma compagne ne se distinguait point par une conversation soutenue et suivie : elle se servait plutôt de ses lèvres pour produire un certain sourire étrange qui abaissait sa bouche vers son menton, tandis que ses yeux s'étiraient en l'air comme si une force invisible avait tendu son visage en sens inverse ; mais je n'avais que faire de son éloquence. Heureusement je me sentais méchant, et ma danseuse n'était pas de force à me rendre timide. Je me mis à tout critiquer, à médire de tout le monde et particulièrement des jeunes gens de la capitale et des mirliflores de Saint-Pétersbourg. Je parlais avec tant de volubilité et de verve que ma voisine cessa enfin de sourire, et qu'au lieu d'élever ses yeux en l'air, elle commença, – par étonnement sans doute, – à loucher si singulièrement qu'on aurait dit qu'elle remarquait pour la première fois qu'elle avait un nez au milieu du visage, tandis que mon voisin, un de ces lions dont j'ai déjà parlé, me toisa avec l'expression d'un acteur en scène qui s'éveille dans des parages inconnus.

Tout en bavardant, je continuais à observer le prince et Lise. On venait constamment les inviter ; cependant je souffrais moins quand ils dansaient tous les deux. Ma douleur était même supportable quand ils étaient assis à côté l'un de l'autre, et qu'ils dansaient en se souriant de ce sourire qui est comme gravé sur le visage de tous les amants heureux ; mais lorsque Lise voltigeait par la salle avec quelque petit-maître et que le prince tenait son écharpe de gaze bleue sur les genoux, lorsqu'il semblait jouir de son triomphe et la suivre des yeux d'un air pensif, oh ! alors je ressentais un tourment intolérable, et mon dépit m'arrachait des remarques si méchantes que les prunelles de ma compagne se rapprochaient complètement des deux côtés de son nez. Pourtant la mazurka tirait à sa fin... On commença une nouvelle figure nommée la confidente. Une dame s'assied au milieu du cercle, se choisit une confidente et lui glisse à l'oreille le nom de celui avec lequel elle désire danser. Son cavalier lui amène les danseurs un à un, et la confidente les congédie jusqu'à ce qu'on tombe enfin sur l'heureux mortel désigné d'avance. Lise était placée au milieu du cercle et avait choisi pour confidente la fille de la maison, une de ces demoiselles dont on ne peut que dire : « Que Dieu la bénisse ! » Le prince était allé à la recherche de l'élu. Après avoir présenté inutilement dix cavaliers environ, que la fille de la maison avait tous congédiés de l'air le plus aimable du monde, il s'était dirigé enfin de mon côté. Quelque chose d'extraordinaire se passa alors en moi. Je frissonnai de la tête aux pieds, je voulus refuser ; pourtant je me levai et partis avec lui. Le prince me conduisit à Lise… Elle ne me jeta pas même un regard ; la fille de la maison me fit un signe de tête négatif.

Le prince se tourna vers moi et me salua profondément, frappé sans doute par la sotte expression de mon visage. Ce salut ironique, ce refus qui m'était signifié par un rival triomphant, son sourire négligent, l'expression indifférente de Lise, tout cela me mit hors de moi… Je m'approchai du prince et murmurai à son oreille avec rage : « Il me semble que vous vous permettez de vous moquer de moi ! » Le prince me regarda d'un air de surprise méprisante, reprit ma main, comme pour me ramener à ma place, et me répondit froidement :

– Moi ?

– Oui, vous ! continuai-je à voix basse en me résignant cependant, c'est-à-dire en me laissant conduire à mon siège. Oui, vous ; mais je n'ai pas l'intention de permettre à n'importe quel insipide parvenu de Pétersbourg…

Le prince sourit avec calme, presque avec indulgence ; il me serra la main et dit à demi-voix : « Je vous comprends, mais ce n'est pas ici le lieu ; nous nous reverrons. » Il se détourna, s'approcha de Besmionkof, et le mena à Lise. Le petit employé pâle se trouva être l'élu. Lise se leva pour aller à sa rencontre.

Assis à côté de ma danseuse avec sa triste mouche pour coiffure, je me sentais presque un héros. Mon cœur battait avec force, ma poitrine se soulevait noblement sous ma chemise empesée, ma respiration était profonde et accélérée, et je lançai tout à coup au lion mon voisin un regard si superbe, qu'il fit un mouvement involontaire du pied qui était de mon côté. En ayant fini avec lui, je laissai errer mes yeux sur le cercle des danseurs… Il me semblait que deux ou trois de ces messieurs me regardaient avec une sorte d'étonnement ; mais en général on n'avait pas remarqué ma conversation avec le prince… Mon rival avait déjà repris sa place avec une tranquillité parfaite, et conservait le même sourire aux lèvres.

Besmionkof ramena Lise à sa chaise : elle le salua d'un air affectueux, et se tourna aussitôt vers le prince avec un certain trouble, à ce qu'il me parut ; mais il lui sourit de nouveau en faisant un gracieux signe de la main, et lui dit sans doute quelque chose de fort agréable, car elle devint toute rouge de plaisir, baissa les yeux et les fixa de nouveau sur lui avec un air de reproche caressant.

Les dispositions héroïques qui avaient subitement pris possession de moi ne diminuèrent pas tant que dura la mazurka ; mais je ne lançais plus de saillies, ni de critiques, et me contentais de regarder de temps en temps ma danseuse d'un air sombre et sévère. Elle commençait évidemment à avoir peur de moi, et bégayait affreusement en clignotant sans cesse des yeux. Je la reconduisis sous la garde naturelle de sa mère, grosse femme dont la tête était ornée d'une toque roussâtre. Après avoir remis la demoiselle épouvantée à qui de droit, je m'étais approché de la fenêtre en me croisant les bras sur ma poitrine pour attendre la suite des événements. J'attendis assez longtemps. Le prince était continuellement entouré, c'est bien le mot, tout aussi entouré que l'Angleterre l'est par la mer, du maître de la maison, des nombreux membres de sa famille et des hôtes qui restaient encore, et de plus il lui était impossible, sans éveiller la surprise, de s'approcher d'un homme aussi peu important que moi. Je me rappelle que je jouis alors de mon peu de considération.

– Tu as beau faire, me disais-je en voyant avec quelle politesse il s'adressait tour à tour aux diverses notabilités qui briguaient l'honneur d'attirer son attention, ne fût-ce, comme s'expriment les poètes, que « pendant l'espace d'un moment », tu as beau faire, l'ami… Je t'ai offensé… il faudra bien que tu viennes à moi.

Ayant enfin réussi à se débarrasser adroitement de la foule de ces adorateurs, le prince passa à côté de moi, laissa tomber un regard vague sur la fenêtre, puis sur mes cheveux, fit un mouvement pour se retourner, et s'arrêtant tout à coup, comme s'il se rappelait quelque chose :

– Ah ! oui, dit-il en s'adressant à moi ; à propos, nous avons à causer ensemble.

Deux propriétaires des plus acharnés, qui suivaient obstinément le prince, pensèrent qu'il s'agissait sans doute « d'affaires de service », et se retirèrent respectueusement en arrière. Le prince me prit le bras et m'emmena de côté. Mon cœur battait avec violence.

– Je crois que vous m'avez insulté ? me dit-il en appuyant sur le mot « vous », et en me regardant sous le menton avec une expression de mépris qui allait singulièrement bien à son frais et gracieux visage.

– J'ai dit ce que je pensais, répliquai-je en haussant la voix.

– Chut !... plus bas ! dit-il. Les gens comme il faut ne crient pas. Vous voulez sans doute vous battre avec moi ?

– Cela vous regarde, repris-je en me redressant.

– Si vous ne rétractez pas vos expressions, il faudra bien que je vous défie, me répondit-il négligemment.

– Je n'ai nulle envie de me rétracter ni de me résigner en quoi que ce soit, poursuivis-je avec fierté.

– Vraiment ? ajouta-t-il, non sans un sourire d'ironie. Dans ce cas, reprit-il après un moment de silence, j'aurai l'honneur de vous envoyer demain mon témoin.

– Fort bien ! répondis-je d'une voix aussi indifférente que possible. Le prince s'inclina légèrement.

– Je ne puis vous empêcher de me trouver insipide, continua-t-il en ouvrant les yeux d'une façon hautaine, mais les princes N... ne sauraient être des parvenus. Au revoir, monsieur... monsieur Chtoukatourine.

Il me tourna le dos et se rapprocha du maître de la maison.

M. Chtoukatourine !... Je m'appelle Tchoulkatourine... Je ne trouvai rien à répondre à cette dernière offense et me contentai de le suivre des yeux d'un air furieux. « À demain ! » murmurai-je les dents serrées, et je me mis aussitôt à la recherche d'un officier de ma connaissance, le capitaine de hulans Koloberdaef, viveur désespéré et excellent garçon, auquel je racontai en peu de mots ma dispute avec le prince, en le priant de me servir de témoin. Il y consentit tout de suite, et je m'en retournai chez moi.

Je ne dormis pas de la nuit ; mais c'était l'agitation et non la peur qui troublait mon sommeil. Je ne suis pas lâche. Je ne songeais même pas que j'allais m'exposer à perdre la vie, ce plus grand bien de la terre, à ce qu'assurent les Allemands. Je ne pensais qu'à Lise, à mes espérances déçues, à ce qu'il me restait à faire. Je me demandais si je devais chercher à tuer le prince, non pour me venger certes, mais pour sauver Lise. « Elle ne survivra pas à ce coup, me disais-je ; non, il vaut mieux que ce soit lui qui me tue ! » Je conviens qu'il m'était agréable de penser que moi, provincial obscur, j'avais forcé un personnage aussi important à se battre avec moi.

Le matin me surprit dans ces réflexions, et peu après Koloberdaef parut.

– Eh bien ! me demanda-t-il en entrant bruyamment dans ma chambre à coucher, où est le témoin du prince ?

– Belle question que celle-là ! lui répondis-je avec dépit. Il est sept heures à peine. Le prince dort sans doute.

– Dans ce cas, faites-moi donner du thé, reprit l'infatigable capitaine. J'ai mal à la tête depuis hier au soir. Je ne me suis pas déshabillé. Du reste, il m'arrive rarement de me déshabiller, ajouta-t-il en bâillant.

On lui servit du thé. Il en but six verres avec du rhum, fuma quatre pipes, me raconta que la veille il avait acheté pour une bagatelle un cheval que tous les maquignons avaient refusé, qu'il allait le dresser lui-même en lui attachant la jambe de devant, et s'endormit tout habillé sur le divan, la pipe à la bouche. Je m'étais levé et m'étais mis à ranger mes papiers. J'avais trouvé un billet d'invitation de Lise, la seule lettre qu'elle ne m'eût jamais écrite, et je voulais la mettre sur ma poitrine ; mais un instant de réflexion me porta à la jeter dans ma boîte. Koloberdaef ronflait faiblement. Sa tête avait glissé sur le coussin de cuir… Je me rappelle que je contemplai longtemps ce visage insouciant, ébouriffé, bon et hardi. À dix heures, mon domestique vint m'annoncer Besmionkof, que le prince avait choisi pour témoin.

Nous réveillâmes à nous deux le capitaine endormi. Il se releva, nous regarda avec ses yeux troublés, demanda un verre d'eau-de-vie d'une voix enrouée, s'étira, salua Besmionkof, et s'en alla avec lui pour conférer dans la chambre voisine. Cette conférence de nos témoins ne fut pas de longue durée. Au bout d'un quart d'heure, ils étaient revenus. Koloberdaef m'expliqua que nous nous battions au pistolet ce jour même à trois heures. J'inclinai silencieusement la tête en signe d'acquiescement. Besmionkof prit aussitôt congé de nous. Il était un peu pâle et intérieurement agité, comme un homme qui n'a pas l'habitude de ces sortes de démarches ; mais il se montra du reste fort résolu et poli. Je ressentais pour ainsi dire une certaine honte en sa présence, et je n'osais pas le regarder en face. Koloberdaef se remit à conter l'histoire de son cheval. Cette conversation m'allait on ne peut mieux. J'avais redouté quelque allusion à Lise ; mais mon bon capitaine n'aimait nullement les médisances, de plus il méprisait les femmes et les confondait toutes, Dieu sait pourquoi, sous le nom de « salade. » Nous mangeâmes à la hâte vers les deux heures, et à trois nous nous trouvions sur le terrain de l'action, dans ce même bois de bouleaux où je m'étais autrefois promené avec Lise, à quelques pas même de l'escarpement…

Nous étions arrivés les premiers, mais le prince et Besmionkof ne se firent pas longtemps attendre. Le prince était, sans exagération, frais comme une rose ; ses yeux bruns pétillaient de bonne humeur sous la visière de sa casquette. Il fumait une cigarette de paille, et, ayant aperçu Koloberdaef, lui tendit amicalement la main. Il me salua même fort gracieusement.

Quant à moi, au contraire, je sentais, à mon grand dépit, que je pâlissais, que mes mains tremblaient légèrement… que ma gorge se desséchait… C'était la première fois que je me battais en duel. « Mon Dieu ! pensai-je, pourvu que cet être moqueur ne prenne pas mon trouble pour de la lâcheté ! » J'envoyais intérieurement mes nerfs à tous les diables, et, ayant enfin regardé le prince droit au visage et surpris sur ses lèvres un sourire presque imperceptible, j'étais redevenu méchant et avais aussitôt retrouvé mon calme. Pendant ce temps, nos témoins établissaient les barrières, comptaient les pas et chargeaient les pistolets. Koloberdaef était celui qui agissait le plus. Besmionkof le regardait faire. C'était une journée aussi belle que celle de la mémorable promenade dont j'ai parlé en commençant. Le bleu profond du ciel apparaissait, comme alors, à travers la verdure dorée du feuillage, dont le bruissement semblait me narguer cette fois. Le prince avait l'épaule appuyée contre le tronc d'un jeune tilleul, et continuait à fumer son cigare.

– Veuillez vous placer, messieurs, tout est prêt, dit enfin Koloberdaef en nous tendant nos pistolets.

Le prince fit quelques pas, s'arrêta, rejeta sa tête en arrière et dit par-dessus son épaule :

– Vous ne voulez donc pas rétracter vos paroles ? J'allais lui répondre, mais la voix me manqua, et je me contentai de faire un geste méprisant de la main. Le prince alla prendre sa place. Nous nous approchâmes l'un de l'autre. J'avais levé mon pistolet et visé la poitrine de mon ennemi... il était certainement mon ennemi alors ; mais le canon se releva subitement, comme si quelqu'un m'avait poussé sous le coude, et je lâchai la détente.

Le prince chancela et porta la main à sa tempe gauche : un filet de sang jaillit de dessous ses gants de peau de chamois blancs, et ruissela sur sa joue. Besmionkof se précipita vers lui.

– Ce n'est rien, dit-il en ôtant sa casquette, qu'une balle avait traversée ; je suis frappé à la tête et je reste debout : ce ne sera qu'une égratignure.

Il tira de sa poche un mouchoir de batiste et l'appliqua sur ses cheveux humectés de sang. Je ne bougeais pas... j'avais été comme pétrifié sur place.

– Veuillez aller à la barrière, me dit sévèrement Koloberdaef. J'obéis.

– Le duel va-t-il continuer ? demanda-t-il en se tournant vers Besmionkof.

Besmionkof ne lui répondit pas ; mais le prince, sans enlever le mouchoir de sa blessure et sans se donner même la satisfaction de me faire attendre à la barrière, répliqua en souriant : « Le duel est fini », – et tira en l'air. Je manquai pleurer de dépit et de rage. Cet homme me traînait définitivement dans la boue avec sa générosité, il m'égorgeait. Je voulais me récrier, je voulais insister pour qu'il tirât sur moi, mais il s'approcha et me tendit la main.

– Tout est oublié, n'est-ce pas ? me dit-il d'une voix caressante.

Je jetai un regard rapide sur son visage altéré, sur son mouchoir teint de sang, et, complètement éperdu, honteux et anéanti, je lui serrai la main…

– Messieurs, reprit-il en se tournant vers les témoins, j'espère que ceci restera secret ?

– Naturellement ! s'écria Koloberdaef ; mais permettez, prince… Et il lui pansa sa blessure.

Le prince me salua encore une fois en partant, mais Besmionkof ne me regarda même pas.

– Tué, moralement ! dis-je à Koloberdaef en rentrant à la maison.

– Qu'est-ce donc qui vous tourmente ? me demanda le capitaine. Tranquillisez-vous, la blessure n'est pas dangereuse ; demain il pourra danser, s'il en a envie. Ou bien seriez-vous fâché de ne pas l'avoir tué ? S'il en est ainsi, vous avez tort : c'est un charmant garçon !

– Pourquoi m'a-t-il ménagé ? grommelai-je enfin.

– Voilà encore une belle idée ! répliqua tranquillement le capitaine. C'est bien digne d'un littérateur ! – Je ne sais à quel propos il me gratifiait de ce mot-là.

Je renonce décidément à raconter mes angoisses pendant la soirée qui suivit le duel. Mon amour-propre souffrait affreusement. Ce n'est pas ma conscience qui me faisait des reproches ; le sentiment de ma sottise m'anéantissait. « C'est moi-même qui me suis porté le dernier coup ! » m'écriai-je en faisant de grands pas dans la chambre. Le prince blessé par moi et m'accordant son pardon !… Oui, Lise est maintenant à lui ; rien ne peut plus la sauver, la retenir au bord de l'abîme.

Je savais fort bien, quoi qu'en eût dit le prince, que notre duel ne pouvait pas rester secret ; dans aucun cas il ne pouvait rester secret pour Lise. « Le prince n'est pas assez sot, murmurai-je avec fureur, pour n'en pas tirer avantage… » Je me trompais pourtant. Dès le lendemain, toute la ville connaissait le secret du duel et savait ce qui l'avait amené ; mais ce n'est pas le prince qui avait été indiscret, bien au contraire.

Lise était déjà au courant de tout lorsqu'il apparut devant elle la tête bandée et muni d'un prétexte qu'il avait inventé d'avance… Je ne saurais dire si c'est Besmionkof qui me livra, ou si la nouvelle lui en était parvenue par d'autres voies. Et de fait, y a-t-il possibilité de cacher quoi que ce soit dans une petite ville ? On peut se figurer l'accueil que lui fit Lise, l'accueil que lui fit toute la famille Ojoguine ! Quant à moi, je me trouvai subitement l'objet de l'aversion et de l'indignation générales ; on me traita de jaloux, d'insensé et d'anthropophage. On m'évita comme un lépreux. Les autorités de la ville s'adressèrent précipitamment au prince en lui proposant de me faire subir une punition grave et exemplaire ; ce ne furent que les prières expresses et instantes du prince lui-même qui détournèrent l'orage près de fondre sur ma tête. Cet homme était destiné à m'humilier de toutes façons. Il m'écrasait sous sa générosité comme sous un couvercle sépulcral. Inutile d'ajouter que la maison des Ojoguine me fut aussitôt fermée ; Cyril Matvéitch m'avait même fait rapporter un misérable crayon que j'avais oublié chez lui. Comme il arrive souvent en pareil cas, c'est précisément lui qui n'aurait pas dû se fâcher contre moi. « Ma jalousie insensée », c'était le mot dont on se servait dans la ville, avait déterminé et pour ainsi dire précisé les rapports du prince et de Lise. Les vieux Ojoguine et leurs amis s'étaient mis à le considérer presque comme un fiancé. Je crois bien que cela ne devait pas lui être agréable du tout ; mais Lise lui plaisait infiniment, et il n'avait pas encore atteint son but… Il s'adapta à sa nouvelle position avec toute l'adresse et toute la finesse d'un homme du monde, et entra aussitôt dans ce qui pouvait s'appeler l'esprit de son rôle…

Mais moi !… Il ne me restait plus qu'à me tordre les mains en considérant ma situation et mon avenir. Quand la souffrance arrive au point où tout notre intérieur se met à craquer comme une telega trop chargée, elle devrait du moins cesser d'être ridicule ; mais non, le rire accompagne les larmes, non seulement jusqu'à la fin, jusqu'à l'épuisement, jusqu'à l'impossibilité d'en répandre davantage, oh ! le malheur ! il retentit encore et résonne là où la langue devient muette, où la plainte elle-même commence à s'éteindre… C'est pourquoi, ne voulant point paraître ridicule même à mes propres yeux, et me sentant d'ailleurs terriblement fatigué aujourd'hui, je vais remettre à demain la continuation et, si Dieu le permet, la fin de mon journal…

Chapitre IV

29 mars. – Gelée insignifiante. Il dégelait hier.

Je n'ai pas eu hier la force de continuer mon journal. J'ai passé la plus grande partie de mon temps au lit à causer avec Térence.

Voilà une femme ! Il y a soixante ans qu'elle a perdu son premier fiancé de la peste, elle a survécu à tous ses enfants, elle est d'une vieillesse qu'on ne se permet plus ; elle boit du thé à cœur joie, elle mange à satiété, elle est chaudement vêtue, et de quoi pensez-vous qu'elle m'ait entretenu pendant toute la journée ? J'ai fait cadeau à une autre vieille, absolument dépourvue de tout, du col à moitié mangé par les mites d'une ancienne livrée dont elle va se faire un de ces plastrons qu'elle porte en guise de gilet… Pourquoi ne le lui avais-je pas donné à elle, Térence ? « Il me semble que je suis votre bonne… Ah ! c'est bien mal à vous, mon petit père… Je crois vous avoir bien dorloté !… » Et ainsi de suite. Cette vieille femme impitoyable m'a poursuivi toute la journée de ses doléances. Mais revenons à notre récit.

Je souffrais donc comme un chien dont une roue a écrasé le ventre. Ce n'est qu'après une expulsion de la maison des Ojoguine, ce n'est qu'alors que j'ai su définitivement combien on peut puiser de jouissances dans la contemplation de sa propre infortune. Ô hommes ! race réellement digne de mépris et de pitié !… Mais laissons là les remarques philosophiques… Je passais mes journées dans une solitude complète, et je me voyais forcé d'avoir recours aux moyens les plus tortueux et souvent les plus méprisables pour savoir ce qui se faisait dans la famille Ojoguine, et ce que devenait le prince.

Mon domestique s'était mis en rapport avec la tante de la femme de son cocher. Cette connaissance me procurait quelque allégement, car mon valet, stimulé par mes allusions et par mes présents, avait fini par deviner de quoi il devait entretenir son seigneur le soir pendant qu'il lui tirait ses bottes. Il m'arrivait quelquefois de rencontrer dans la rue soit un membre de la famille Ojoguine, soit Besmionkof, soit le prince. Je saluais le prince et Besmionkof ; mais je n'entrais jamais en conversation avec eux. Je ne revis Lise en tout que trois fois : dans un magasin de modes avec sa mère, en voiture découverte avec son père, sa mère et le prince, enfin à l'église. Je n'osais naturellement point m'approcher, et je devais me contenter de la regarder de loin. Dans le magasin, elle s'était montrée très préoccupée, mais gaie... Elle fit une commande de chapeau et rassortit des rubans d'un air affairé. Sa mère la suivait des yeux, levant le nez en l'air et souriant de ce sourire insignifiant et dévoué qui n'est permis qu'à une mère aimante. Dans la voiture et en compagnie du prince, Lise était... Je n'oublierai jamais cette rencontre ! Les vieux Ojoguine étaient assis dans le fond, le prince et Lise occupaient la banquette du devant. Elle était plus pâle qu'à l'ordinaire ; c'est à peine si ses deux raies roses se voyaient sur ses joues. Elle se tournait à demi vers le prince et le regardait en plein visage avec ses yeux expressifs, en s'appuyant sur sa main droite un peu tendue en avant (la gauche tenait son ombrelle) et en penchant langoureusement sa petite tête. En ce moment, elle s'abandonnait entièrement à lui, elle se confiait irrévocablement, tous ses désirs étaient comblés. Je ne réussis pas à bien observer sa figure, – la voiture passa trop rapidement, – mais il me semblait qu'il était, lui aussi, profondément ému.

La troisième fois que je la vis, ce fut, je l'ai dit, à l'église. Dix jours s'étaient à peine écoulés depuis que je l'avais rencontrée en voiture avec le prince, trois semaines depuis le jour de mon duel. L'affaire qui avait amené le prince à O... était terminée ; mais il continuait à remettre son départ en faisant croire à Saint-Pétersbourg qu'il était malade. Toute la ville d'O... s'attendait journellement à lui voir faire une proposition formelle à Cyril Matvéitch. Je n'attendais plus moi-même que ce dernier coup pour m'éloigner à jamais.

Le séjour d'O... m'était devenu insupportable. Il m'était impossible de rester à la maison ; je parcourais les environs du matin au soir. Un jour que par un temps gris et humide je revenais d'une promenade qu'avait interrompue la pluie, n'ayant rencontré que des corbeaux maussades, marchant silencieusement dans la boue, il m'arriva d'entrer dans une église. On venait de commencer le service du soir ; les fidèles étaient peu nombreux. Je jetai les yeux autour de moi, et je distinguai tout à coup près d'une fenêtre un profil qui me frappa. Je ne le reconnus pas d'abord : un visage pâle, un regard éteint, des joues creuses, non, ce ne pouvait être là cette Lise que j'avais vue deux semaines auparavant. Enveloppée dans son manteau, son chapeau sur la tête, elle était éclairée de côté par un froid rayon qui pénétrait à travers la large fenêtre et fixait un regard immobile sur l'iconostase.[3] Elle paraissait faire des efforts pour prier et sortir d'un triste engourdissement.

Un robuste petit cosaque, qui avait des joues rouges et de petites poches jaunes sur la poitrine, se tenait à côté d'elle, les mains croisées derrière le dos, considérant sa maîtresse d'un air d'étonnement endormi. Je poussai un cri involontaire et voulus m'approcher d'elle ; mais je m'arrêtai soudain. Un pressentiment affreux me serrait le cœur. Lise ne remua point jusqu'à la fin des vêpres. Tout le monde était sorti, le sacristain se disposait à balayer l'église, Lise restait toujours clouée à sa place. Le petit cosaque s'approcha, lui parla bas et la tira par sa robe ; elle se retourna, passa la main sur son visage et sortit de l'église. Je la suivis de loin jusqu'à la maison et m'en allai chez moi.

– Elle est perdue ! m'écriai-je en entrant dans ma chambre. Je puis donner ma parole d'honneur que j'ignore encore aujourd'hui de quel genre étaient mes sensations d'alors. Je me rappelle que je me jetai sur mon divan et fixai les yeux sur le plancher en me croisant les bras. Je ne saurais dire si j'éprouvai quelque satisfaction au milieu de ma douleur. Je n'en conviendrais pour rien au monde si je n'écrivais

3 Paroi couverte d'images qui sépare le sanctuaire de l'église.

que pour moi seul… Il est certain que j'étais déchiré de pressentiments pénibles et funestes… Et qui sait ? peut-être aurais-je été surpris si ces pressentiments ne s'étaient pas réalisés. « Tel est le cœur humain ! » s'écrierait maintenant d'une voix énergique un pédagogue de gymnase russe en levant en l'air son index graisseux orné d'une bague en cornaline ; mais que ferons-nous de l'opinion du pédagogue russe avec sa voix énergique et sa bague en cornaline ? Quoi qu'il en soit, mes pressentiments se trouvèrent justes. La nouvelle du départ du prince se répandit tout à coup dans la ville.

On disait qu'il était parti à la suite d'un ordre de Saint-Pétersbourg, qu'il était parti sans avoir fait aucune proposition ni à Cyril Matvéitch ni à sa femme, et que Lise passerait le reste de ses jours à pleurer sa perfidie. Ce départ du prince fut complètement inattendu, car mon domestique affirma que la veille encore le cocher ne se doutait nullement des intentions de son maître. Cette nouvelle me donna la fièvre. Je m'habillai à la hâte avec l'intention de courir chez les Ojoguine ; mais après quelques réflexions il me sembla qu'il serait plus convenable d'attendre au lendemain. Je ne perdis pas d'ailleurs à rester à la maison. Un certain Pandopipopoulo m'arriva ce soir-là même. C'était un Grec de passage, un bavard de la pire espèce, qui s'était embourbé par hasard dans la ville d'O… et avait été des plus indignés contre moi lors de mon duel avec le prince. Sans même donner à mon domestique le temps de l'annoncer, il se précipita de vive force dans ma chambre, me serra la main, me fit mille caresses, m'appela un modèle de générosité et de bravoure, dépeignit le prince sous les couleurs les plus sombres, ne ménagea pas les vieux Ojoguine, que le sort, selon lui, n'avait que justement punis, désapprouva même Lise en passant, et se sauva après m'avoir baisé sur l'épaule. Il m'avait appris, entre autres choses, que la veille de son départ le prince, en vrai grand seigneur, à une délicate allusion de Cyril Matvéitch, avait répondu froidement que son intention n'était de tromper personne, et qu'il ne pensait nullement à se marier ; là-dessus il s'était levé, avait salué et avait disparu.

J'allai le lendemain chez Ojoguine. Le laquais à demi aveugle s'élança de son banc à mon apparition avec la rapidité de l'éclair. Je lui dis de m'annoncer. Il obéit précipitamment et revint aussitôt. « Veuillez vous donner la peine d'entrer », me dit-il. J'entrai dans le cabinet de Cyril Matvéitch… À demain.

30 mars. – Gelée.

J'étais donc entré dans le cabinet de Cyril Matvéitch. Je donnerais une forte somme à celui qui me montrerait aujourd'hui mon propre visage au moment où ce notable employé croisa vivement les pans de sa robe de chambre persane, et s'approcha de moi en me tendant les bras. Tout mon être respirait sans doute un triomphe modeste, une sympathie indulgente, une générosité infinie… Je me comparais intérieurement à Scipion l'Africain. Ojoguine était visiblement troublé et chagrin, il fuyait mon regard, et sans cesse remuait ses pieds. Je remarquai qu'il parlait plus haut que cela ne lui était naturel, et qu'il employait en général des expressions indécises. Il m'avait demandé pardon en termes fort vagues, mais chaleureux ; il avait fait vaguement allusion à son hôte absent en ajoutant quelques observations incohérentes sur les déceptions et les vicissitudes des félicités humaines ; puis, sentant tout à coup qu'il lui était venu une larme à l'œil, il s'était hâté de prendre du tabac, probablement pour me donner le change quant à la raison qui le faisait pleurer… Il employait le tabac vert russe, et on sait que cette plante fait larmoyer même les vieillards, et donne pour quelques instants à l'œil humain une expression trouble et stupide. Je mis naturellement beaucoup de prudence dans mon attitude vis-à-vis du vieil Ojoguine ; je lui demandai des nouvelles de la santé de sa femme et de sa fille, et détournai aussitôt habilement la conversation sur une certaine question d'agronomie domestique.

J'étais habillé comme de coutume, mais les sentiments de douce convenance et d'indulgente modestie dont je me sentais animé me donnaient une sensation de fraîcheur et de fête, comme si j'avais été en gilet blanc et en cravate blanche. Une seule chose m'agitait : la pensée de me retrouver avec Lise… Ojoguine me proposa enfin de me conduire lui-même auprès de sa femme. Cette créature sotte, mais bonne, fut d'abord terriblement confuse en me voyant, mais sa cervelle n'était pas capable de conserver longtemps une seule et même impression ; aussi se calma-t-elle bientôt. Je vis enfin Lise... Elle entra dans la chambre. Je m'attendais à trouver en elle une pécheresse confuse et repentante, et j'avais donné d'avance à ma physionomie son expression la plus aimable et la plus encourageante... Pourquoi mentir ? je l'aimais sincèrement et soupirais avec ardeur après le bonheur de lui pardonner et de lui tendre la main... Mais jugez de mon inexprimable étonnement lorsqu'elle ne répondit que par un éclat de rire glacé à mon salut significatif ! Elle me dit d'un air négligent ; « Ah ! c'est vous ? » et se détourna aussitôt. Il est vrai que son rire me parut forcé, et que dans tous les cas il s'accordait mal avec son visage amaigri.

Je ne m'étais certes pas attendu à une réception pareille... Je la contemplais avec surprise... Quelle altération dans toute sa personne ! Il n'y avait plus rien de commun entre cette femme et l'enfant des premiers jours. Elle avait pour ainsi dire grandi, sa taille s'était allongée ; tous les traits de sa figure, ses lèvres surtout, avaient pris des contours plus accusés... Le regard était plus profond, plus ferme et plus sombre. Les vieux Ojoguine me retinrent à dîner.

Lise se levait, sortait de la chambre, revenait, répondait tranquillement à mes questions, et évitait à dessein de faire attention à moi. Je voyais qu'elle voulait me faire sentir que je n'étais pas même digne de sa colère, quoique j'eusse failli tuer l'homme qu'elle aimait. Je perdis enfin patience, une allusion empoisonnée s'échappa de mes lèvres... Elle tressaillit, me lança un regard rapide, se leva, et, s'approchant de la fenêtre, me dit d'une voix légèrement émue : « Vous pouvez penser tout ce qu'il vous plaira, mais sachez que j'aime cet homme, que je l'aimerai toujours, et que je ne le considère nullement comme coupable envers moi, au contraire... » Sa voix faiblit, elle s'arrêta, chercha à se vaincre, mais n'y réussit pas, et sortit de la chambre en fondant en larmes. Les vieux Ojoguine perdirent toute contenance ; je leur tendis mes deux mains, poussai un soupir, levai les yeux au ciel et m'enfuis...

Ma faiblesse est trop grande, mon temps trop limité, pour que je puisse décrire avec les mêmes détails la nouvelle phase de pénibles considérations, de fermes desseins et d'autres aménités que fit naître la lutte intérieure à laquelle je fus livré dès la reprise de mes rapports avec les Ojoguine. Je savais, à n'en pas douter, que Lise aimait toujours, qu'elle aimerait longtemps le prince ; mais, en homme dompté par sa propre volonté non moins que par les circonstances extérieures, j'en étais venu à ne plus même attendre son amour. Je souhaitais seulement son amitié ; je désirais obtenir cette confiance, cette estime que les gens expérimentés ont l'habitude de considérer comme le support le plus assuré du bonheur domestique... Malheureusement je ne tenais pas compte d'un fait assez grave, – la haine que Lise m'avait vouée depuis le jour du duel.

Je m'en aperçus trop tard. J'avais recommencé à fréquenter la maison des Ojoguine comme par le passé. Cyril Matvéitch était celui qui me caressait le plus, j'ai même des raisons de croire qu'il m'aurait donné sa fille avec plaisir, quoique je ne fusse pas un gendre des plus enviables. L'opinion publique s'acharnait contre Lise et contre lui, et me portait au contraire aux nues. Lise ne changeait pas d'attitude à mon égard : elle se taisait la plupart du temps, obéissant quand on l'engageait à manger, ne donnant aucun signe extérieur d'affliction ; mais il était facile de voir qu'elle fondait comme la cire au feu. Il faut rendre justice à Cyril Matvéitch : il la ménageait tant qu'il pouvait. La vieille mère ne faisait que gémir lorsqu'elle regardait sa pauvre enfant. Il y avait un seul être que Lise n'évitait pas, quoiqu'elle ne causât guère avec lui : c'était Besmionkof. Les vieux Ojoguine le recevaient avec une froideur qui ressemblait à de la grossièreté : ils ne pouvaient lui pardonner d'avoir servi de témoin au prince ; mais Besmionkof continuait d'aller chez eux, et semblait ne pas s'apercevoir de leur malveillance. Il était très froid avec moi, – et, chose étrange ! je le craignais presque. Tout cela dura environ quinze jours. À la suite d'une nuit sans sommeil, je m'étais enfin décidé à demander une explication à Lise, à lui découvrir mon cœur, à lui dire que, malgré le passé, malgré tous les bavardages, je me sentirais encore heureux, si elle me trouvait digne d'elle et voulait me rendre sa confiance. Je m'imaginais de bonne foi offrir l'exemple du désintéressement le plus sublime, et croyais que la surprise seule suffirait pour l'amener à donner son consentement. Je voulais, dans tous les cas, avoir une explication avec elle, afin de pouvoir sortir enfin de cette incertitude.

Derrière la maison des Ojoguine s'étendait un jardin d'assez grande dimension, terminé par un bois de bouleaux abandonné et touffu. Une ancienne tonnelle dans le goût chinois s'élevait au milieu du bois. Le jardin était séparé d'une impasse par une palissade en pieux. Lise se promenait souvent dans ce jardin pendant des heures entières. Cyril Matvéitch le savait, et avait défendu de la déranger ou de la suivre, disant que son chagrin passerait avec le temps. Si on ne la trouvait pas dans la maison, on n'avait qu'à sonner la cloche du perron à l'heure du dîner pour la faire arriver aussitôt ; elle revenait, le même silence obstiné aux lèvres et aux yeux, et quelques feuilles froissées à la main. Un jour que j'avais remarqué qu'elle n'était pas dans la maison, je fis semblant de partir. Je traversai l'antichambre et la cour comme pour aller dans la rue, puis je revins rapidement sur mes pas et me glissai dans le jardin. J'eus le bonheur de n'être aperçu de personne. Sans perdre un instant, je m'enfonçai dans le bois à pas précipités. J'aperçus Lise devant moi, au milieu du sentier. Je sentais mon cœur qui battait à se rompre. Je m'arrêtai en soupirant profondément et j'allais enfin m'approcher d'elle, lorsque je la vis tout à coup lever la main sans se retourner et prêter l'oreille à je ne sais quel bruit... Dans la direction de l'impasse retentissent derrière les arbres deux coups distincts, comme si quelqu'un heurtait la palissade. Lise frappe dans la paume de sa main, j'entends le faible grincement de la petite porte et vois Besmionkof qui sort du fourré. Je me cachai à la hâte derrière un arbre. Lise se dirigea vers lui sans parler... Il lui prit silencieusement le bras, et tous les deux se mirent à marcher doucement dans le sentier.

Je les suivais des yeux avec ébahissement. Ils s'étaient arrêtés, avaient regardé autour d'eux, s'étaient perdus un instant entre les buissons et avaient reparu de nouveau pour entrer enfin dans la tonnelle. Cette tonnelle était un petit édifice rond muni d'une porte et d'une fenêtre ; une vieille table recouverte d'une mousse fine occupait le centre de ce réduit, deux bancs étaient placés de chaque côté à quelque distance des murs humides et sombres. Autrefois on y prenait le thé par les journées les plus chaudes. La porte était disjointe, les châssis ne tenaient plus depuis longtemps ; accrochés par un seul angle, ils pendaient tristement comme l'aile blessée d'un oiseau. Je m'approchai furtivement de la tonnelle et les épiai avec précaution à travers les fentes de la fenêtre. Lise était assise sur un des bancs et baissait la tête ; sa main droite pendait sur ses genoux, Besmionkof tenait la gauche dans les deux siennes.

– Comment vous sentez-vous aujourd'hui ? lui demanda-t-il à demi-voix.

– Toujours de même, répondit-elle, ni mieux, ni plus mal... Un vide, un vide affreux ! continua-t-elle en relevant tristement les yeux.

Besmionkof ne lui répondit pas.

– Pensez-vous, reprit-elle, qu'il m'écrive encore ?

– Je ne le pense pas, Lise Cyrillovna ! Elle resta silencieuse.

– Eh ! qu'écrirait-il en effet ? Il m'a tout dit dans sa première lettre. Je ne puis pas être sa femme ; mais j'ai été heureuse... non pour longtemps... j'ai été heureuse !

Besmionkof se détourna.

– Ah ! poursuivit-elle avec vivacité, si vous saviez combien ce Tchoulkatourine m'est odieux !... Il me semble toujours que je vois son sang sur les mains de cet homme.

Je frissonnai derrière ma cachette.

– Du reste, continua-t-elle mélancoliquement, qui sait ? peut-être que sans ce duel... Ah ! quand je le revis blessé, je compris que j'étais toute à lui.

– Tchoulkatourine vous aime, dit Besmionkof.

– Qu'est-ce que cela me fait ? Ai-je besoin de l'amour de qui que ce soit ?... – Elle s'arrêta et ajouta lentement : – Sauf le vôtre ; oui, mon ami, votre amour m'est indispensable. Sans vous, j'aurais été perdue... Vous m'avez aidé à supporter des moments affreux...

Elle se tut... Besmionkof lui serrait la main avec une tendresse paternelle.

– Que faire ? que faire, Lise Cyrillovna ? répéta-t-il plusieurs fois de suite.

– Oui, continua-t-elle sourdement, il me semble maintenant que je serais morte sans vous. Vous seul m'avez soutenue, et puis vous me le rappelez… car vous saviez tout. Vous souvenez-vous combien il était beau, ce jour ?… Mais pardonnez-moi, ces souvenirs doivent vous être pénibles.

– Parlez, parlez, interrompit Besmionkof ; quelle idée est-ce là ! Que Dieu vous bénisse ! Elle lui serra la main.

– Vous êtes bien bon, Besmionkof, poursuivit-elle ; vous êtes bon comme un ange ! Que puis-je faire ? Je sens que je l'aimerai jusqu'au tombeau.

Je lui ai pardonné, je lui serai reconnaissante. Que Dieu lui accorde toute félicité ! que Dieu lui donne une femme selon son cœur !

Les yeux de Lise se remplissaient de larmes.

– Pourvu qu'il ne m'oublie pas, pourvu qu'il se souvienne quelquefois de sa Lise !… Sortons d'ici, ajouta-t-elle après un moment de silence.

Besmionkof porta la main de Lise à ses lèvres.

– Je sais, reprit-elle avec chaleur, que tout le monde m'accuse à présent, que tout le monde me jette la pierre. Soit. Je n'échangerais pourtant pas mon infortune contre leur bonheur… Non ! non !… Il ne m'a pas aimée longtemps, mais il m'a aimée ! Il ne m'a jamais trompée, il ne m'a jamais dit que je serais sa femme ; moi-même je n'y ai jamais songé. Mon pauvre père seul avait de l'espoir. Et à l'heure qu'il est, je puis me dire que je ne suis pas encore tout à fait malheureuse ; il me reste le souvenir, et quelles que soient les terribles suites… J'étouffe ici… C'est ici que je l'ai vu pour la dernière fois… Retournons en plein air.

Ils s'étaient levés. J'eus à peine le temps de me jeter à l'écart et de me cacher derrière un gros tilleul. Ils sortirent de la tonnelle et s'enfoncèrent de nouveau dans le bois. Je ne sais combien de temps je restai sans bouger de ma place, plongé dans une espèce de torpeur stupide ; mais le bruit des pas se fit encore entendre. Je me remis à les observer. Besmionkof et Lise revenaient par le même sentier. Ils étaient fort agités tous les deux, Besmionkof surtout. Lise s'arrêta et prononça distinctement les paroles suivantes : « J'y consens, Besmionkof.

Je n'aurais pas accepté, si vous aviez seulement voulu me sauver et m'enlever à ma situation pénible ; mais vous m'aimez, vous savez tout, et vous m'aimez. Je ne trouverai jamais un ami plus sûr et plus fidèle ; je serai votre femme. »

Besmionkof lui baisa la main. Elle lui sourit tristement et rentra chez elle. Besmionkof se jeta dans le taillis, et moi… je rentrai chez moi. Ainsi donc Besmionkof avait dit à Lise justement ce que j'aurais voulu lui dire, et Lise lui avait répondu justement ce que j'aurais voulu qu'elle me répondît ; je n'avais plus à m'inquiéter de rien. Lise l'épousa au bout de quinze jours. Les vieux Ojoguine étaient enchantés… et ils avaient raison de l'être.

Eh bien ! dites-le maintenant, ne suis-je pas un homme superflu, un homme de trop ? N'ai-je pas joué dans toute cette histoire le rôle d'un homme de trop ? Quelle stupide cinquième roue de carrosse !… Ah ! c'est amer, bien amer !… Oui, mais comme disent les gens qui traînent les lourds bateaux sur la Volga, encore un coup, un seul petit coup de collier, encore un petit jour et puis un autre, et il n'y aura plus pour moi ni amertume ni douceur.

31 mars.

Je vais mal. J'écris ces lignes dans mon lit. Hier soir le temps a subitement changé ; aujourd'hui il fait chaud, c'est presque une journée d'été. Tout fond, coule et dissout. Une senteur de terre remuée se répand dans l'air ; c'est un parfum chaud, lourd et accablant. La vapeur s'élève de toutes parts. Le soleil vous pique et vous pénètre. Je vais mal. Je sens que je me décompose.

J'ai voulu écrire mon journal, et qu'ai-je fait ? J'ai raconté un seul épisode de ma vie. Je me suis trop laissé aller. Des souvenirs effacés se sont éveillés et m'ont entraîné à leur suite. J'ai écrit sans me hâter. Je suis entré dans mille détails, comme si j'avais encore des années devant moi, et voilà que le temps me manque pour continuer. La mort, la mort approche. J'entends déjà son crescendo menaçant… Il est temps… il est temps !…

Et pourquoi regretter ? Qu'importe ce que je conte ? Cela ne revient-il pas au même ? À la vue de la mort disparaissent les dernières vanités terrestres. Je sens que je m'apaise, que je deviens plus simple et plus naturel. C'est trop tard !... Chose étrange ! je m'apaise certainement, mais en même temps... je suis saisi de terreur... de terreur, oui. À moitié penché sur l'abîme silencieux et béant, je frémis, je me détourne, je regarde autour de moi avec une attention avide. Chaque objet me devient doublement cher. Je ne puis assez contempler ma pauvre chambre si peu gaie, je prends congé de chaque petite tache sur mes murs ! Rassasiez-vous, mes yeux, pour la dernière fois ! La vie m'échappe ; elle s'éloigne de moi avec une lente régularité, comme le rivage qui fuit le regard du marin. Figure vieille et jaune de ma garde-malade qu'enveloppe un mouchoir foncé, samovar qui chantez sur la table, géraniums qui garnissez ma fenêtre ; toi, Trésor, mon pauvre chien ; toi, plume, avec laquelle je trace ces lignes, mains qui m'appartenez, je vous vois tous à présent... Vous êtes là... vous voilà... Se pourrait-il... qu'aujourd'hui peut-être... que jamais je ne vous revoie plus ? Il est difficile à un être vivant de se dépouiller de la vie ! Pourquoi me caresses-tu, pauvre chien ? Pourquoi frottes-tu ta poitrine contre mon lit ? Pourquoi serres-tu convulsivement ta queue entre tes pattes, sans pouvoir détacher de moi tes bons yeux mélancoliques ?

Me plaindrais-tu ? ou bien sentirais-tu peut-être que ton maître ne sera bientôt plus ? Ah ! que ne m'est-il donné de reporter ma pensée sur tous mes souvenirs, comme je laisse errer mes yeux sur tous les objets de ma chambre !...

Je sais que ces souvenirs sont tristes et insignifiants : mais je n'ai que ceux-là... Un vide, un vide affreux, comme disait Lise...

Mon Dieu ! mon Dieu ! je vais mourir... Ce cœur avide et capable d'amour va bientôt cesser de battre... Est-il possible qu'il se taise à jamais sans avoir une seule fois connu le bonheur, sans s'être dilaté une seule fois sous la douce pression de la joie ! Hélas ! c'est impossible, c'est impossible, je le sais... Si du moins, à cette heure, au moment de la mort, – la mort est pourtant une chose sainte, elle élève le plus petit d'entre nous, – si du moins quelque voix triste et amicale me chantait le chant d'adieu de mes propres douleurs, peut-être me réconcilierais-je avec elles… Mais mourir sourdement, sottement… Je crois que je commence à délirer.

Adieu la vie ! adieu mon jardin, et vous, mes tilleuls ! Quand viendra l'été, n'oubliez pas de vous couvrir de fleurs du haut en bas… Et que ceux qui vivent viennent joyeusement s'étendre sur l'herbe fraîche, à votre ombre odoriférante, au murmure de vos feuilles légèrement agitées par le vent ! Adieu, adieu ! adieu à tous et pour toujours !

Adieu, Lise ! J'ai écrit ces deux mots, et je puis à peine m'empêcher de rire. Cette exclamation me semble tirée d'un livre. J'ai l'air de composer une nouvelle sentimentale, ou de terminer une lettre désespérée…

C'est demain le 1er avril. Se peut-il que je meure demain ? Ce ne serait pas même convenable. Du reste, cela me va… Comme le médecin m'a tracassé aujourd'hui !…

1er avril.

C'est fini… ma vie est éteinte. Je mourrai certainement aujourd'hui. Il fait chaud dehors, il fait presque étouffant… ou bien sont-ce mes poumons qui ne respirent déjà plus ? J'ai joué ma petite comédie jusqu'au bout. Le rideau tombe.

Je cesse d'être de trop en rentrant dans le néant. Ah ! comme le soleil est intense ! Ces rayons puissants respirent l'éternité…

Adieu, Térence !… Elle était assise à sa fenêtre, ce matin, et pleurait… Peut-être était-ce à cause de moi, peut-être était-ce parce que son tour de mourir doit arriver bientôt. Je lui ai fait promettre de ne pas maltraiter Trésor. Il m'est pénible d'écrire… Je jette la plume… Il est temps ! La mort ne m'arrive déjà plus avec ce bruit toujours croissant du tonnerre qui rappelle le roulement nocturne d'une voiture sur le pavé ; elle est ici, elle voltige autour de moi, pareille à ce souffle léger qui soulevait les cheveux du prophète…

Je me meurs… Vivez, vous autres !…

Et puisse la vie forte et jeune se jouer à l'entrée de mon tombeau,
Et la nature indifférente

Briller d'une éternelle beauté ![4]

Nous avons trouvé sous ces dernières lignes l'esquisse d'une tête avec un grand toupet, des moustaches, des yeux fixes et des cils en rayons, et sous cette esquisse les mots monsieur et votre très humble serviteur répétés plusieurs fois. L'écriture de ces mots ne ressemble en rien à celle du manuscrit. Cette découverte nous donne le droit de supposer que le dessin et les mots ont été ajoutés après coup et par une main étrangère, d'autant plus que nous avons tout lieu de supposer que M. Tchoulkatourine est décédé, en effet, pendant la nuit du 1er au 2 avril, dans sa propriété héréditaire d'O…

4 Vers de Pouchkine.